Beijos em Nova York

Catherine Rider

Beijos em Nova York

Tradução:
Iris Figueiredo

1ª edição

— Galera —
RIO DE JANEIRO
2020

CIP-BRASIL. CATALOGAÇÃO NA PUBLICAÇÃO
SINDICATO NACIONAL DOS EDITORES DE LIVROS, RJ

Rider, Catherine
R412b Beijos em NY / Catherine Rider; tradução Iris Figueiredo.
- 1. ed. - Rio de Janeiro: Galera Record, 2020.

Tradução de: Kiss me in New York
ISBN 978-85-01-11396-2

1. Ficção americana. I. Figueiredo, Iris. II. Título.

17-46743 CDD: 813
CDU: 821.111(73)-3

Título original:
Kiss me in New York

Texto revisado segundo o novo Acordo Ortográfico da Língua Portuguesa.

Editoração eletrônica: Abreu's System

Direitos exclusivos de publicação em língua portuguesa
somente para o Brasil adquiridos pela
EDITORA RECORD LTDA.
Rua Argentina, 171 - Rio de Janeiro, RJ - 20921-380 - Tel.: (21) 2585-2000,
que se reserva a propriedade literária desta tradução.

Impresso no Brasil

ISBN: 978-85-01-11396-2

Seja um leitor preferencial Record.
Cadastre-se e receba informações sobre nossos
lançamentos e nossas promoções.

Atendimento e venda direta ao leitor:
sac@record.com.br

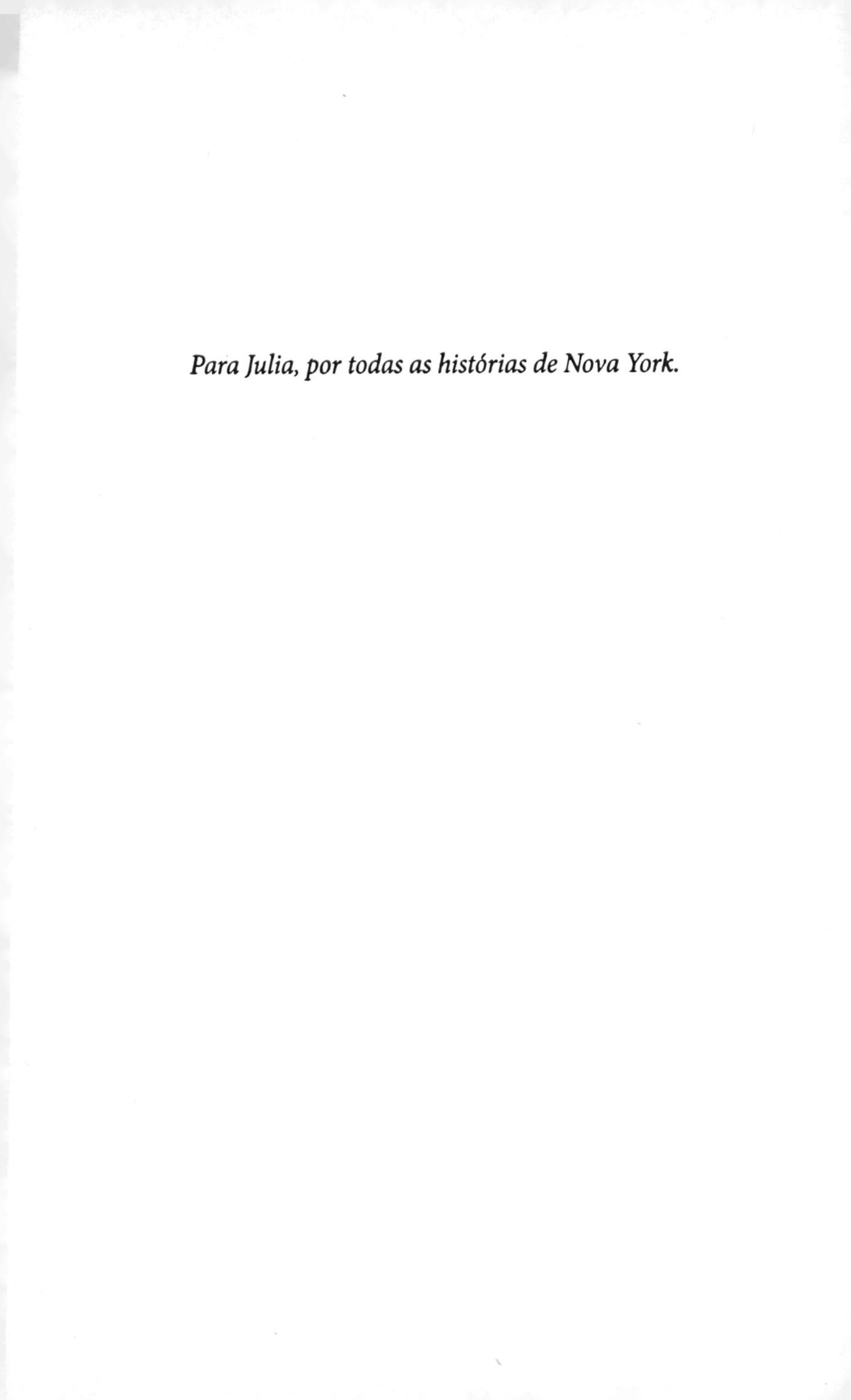

Para Julia, por todas as histórias de Nova York.

CAPÍTULO UM

CHARLOTTE

VÉSPERA DE NATAL, 14H

Uma desilusão amorosa muda muitas coisas. Por exemplo, não *costumo* ser o tipo de pessoa que fecha a cara quando uma moça sorridente no aeroporto JFK me deseja "Boas festas" ao fazer meu check-in.

Mas, neste exato momento, não consigo evitar. É véspera de Natal, e só quero dar o fora de Nova York o mais rápido possível. Não quero olhar para trás. Quero esquecer que vim até aqui, para começo de conversa — esquecer que um dia pensei ser possível encontrar algum tipo de Novo Eu nesta cidade.

Quando cheguei aqui pela primeira vez, Nova York era só luzes brilhantes e agitação. Mas duas semanas atrás, isso mudou. Comecei a enxergar o que o Sr. e a Sra. Lawrence, minha família anfitriã em Yonkers, sempre criticavam quando eu falava sobre "a cidade" e o quanto gostava dela. Todas as pessoas grosseiras — *várias* — que sempre pareciam estar *no caminho*. Os ratos. O fato de a cidade inteira às vezes exalar esse cheiro, como se estivesse coberta por um guarda-chuva gigante feito de pizza velha.

O sorriso da mulher está se transformando em uma testa franzida. Percebo que devo parecer muito esquisita parada aqui, carrancuda, olhando para o nada. Tento disfarçar, dizendo:

— Ah, sim... para você também!

Digo que vou pegar o voo das 18h45 para Heathrow, Londres.

Ela olha para o computador e arqueia a sobrancelha.

— Uau, você chegou com quase cinco horas de antecedência. Vocês, britânicos, gostam de ser pontuais, hein?

O que eu gostaria de dizer, se fosse socialmente aceitável e não me fizesse parecer louca:

— Não tem nada a ver com pontualidade, Ronda. — Esse era o nome em seu crachá. — Há duas semanas, eu não estava *nem um pouco* ansiosa para voltar para casa. Estava tendo o melhor semestre de todos, fazendo intercâmbio na Sacred Heart High, e começava a me sentir ridiculamente empolgada com a ideia de voltar para cá em setembro para cursar a faculdade. Eu fui aceita — admissão antecipada — no curso de jornalismo de Columbia e estava nas nuvens com isso, porque eu iria me mudar para um lugar onde poderia *viver* histórias. Nova York me daria muito material para escrever. E eu poderia virar a Nova Charlotte. Quem é a Nova Charlotte? Ah, a Nova Charlotte é basicamente eu — quero dizer, nós somos iguaizinhas, porque não há nada que eu possa fazer em relação a isso —, mas ela é impulsiva e extrovertida, enquanto a Velha Charlotte era um pouco mais caseira. A Nova Charlotte se arrisca; a Velha Charlotte jamais faria isso. E, então, eu realmente vim até aqui e descobri que a Nova Charlotte é bem incrível! Muitas pessoas gostavam dela... em especial um garoto da aula de inglês, Colin.

"Mas daí Colin veio e partiu meu coração. Quando isso aconteceu parei de ser toda impulsiva e livre, o que me deu tempo para notar todas as coisas que são meio que uma bosta em Nova York; tipo, os assentos do metrô são tão confortáveis quanto um carrinho de supermercado. E como vocês permitem coisas muito, muito idiotas, tipo, carros *passando por cima* de uma multidão de pedestres no sinal! E como faz frio em dezembro. Sério, isso deve ser algum tipo de violação dos direitos humanos."

O que eu realmente disse:

— Só estou ansiosa para voltar para casa, acho.

Não era menos verdade. Apenas um jeito mais direto de dizer o que eu *quero* dizer. Talvez seja por isso que as coisas não funcionaram com Colin. Talvez se eu só tivesse puxado assunto, perguntado se ele estava infeliz... se eu tivesse sido mais direta, ainda estaríamos juntos?

Fala sério, Charlotte. Ser mais direta não faria Colin ser menos escroto.

Não vejo falhas em minha lógica, assim como não tenho uma resposta para a cruel provocação de meu cérebro sarcástico — *É isso que ganho por tentar ser impulsiva.*

Quando uma miniatura da Estátua da Liberdade cai de minha ecobag, esbarra em um táxi de brinquedo e escorrega em cima de uma estatueta do Empire State Building, percebo duas coisas: 1) minha ecobag é desnecessariamente grande, como minha mãe disse que era; e 2) devo ter feito check-in, despachado a bagagem, me afastado do balcão, andado pelo aeroporto e entrado em uma loja de lembrancinhas sem que meu cérebro registrasse qualquer uma dessas coisas.

Mas sim, tenho um cartão de embarque enfiado no passaporte e estou, por algum motivo, parada em uma loja de presentes. Que diabos estou fazendo aqui? Eu *não* quero lembranças de meu semestre de intercâmbio; quero deixar tudo para trás. Nova York pode ficar com tudo o que toca, tudo o que estraga — tudo o que ela faz apodrecer.

Não estava mentindo para Ronda. Neste momento, só quero minha casa; ir para casa e voltar a ser a Velha Eu... Não, não *velha*. A Eu Original. A Verdadeira Eu que, aparentemente, não tenho escolha quanto a ser. Vamos chamá-la de Charlotte Inglesa.

Aquele pinicar quente em meus olhos me diz que é hora de sair daqui — nem mesmo a Charlotte Inglesa chora em público —, então vou costurando em meio às vitrines de esculturas de pelúcia e arranha-céus de plástico, marchando de volta ao prédio principal do aeroporto. Abaixo a cabeça para evitar as fotografias gigantes do horizonte de Nova York — agora que estou de mau (triste) humor, não vejo as luzes brilhantes da cidade que nunca dorme. Vejo monstruosidades altas, de vidro e metal, olhando para cima, como se estivessem chamando o céu para uma briga.

Qual é, Nova York, o que o céu te fez?

Deus, vir para o aeroporto tão cedo pode ter sido um erro — agora tenho quatro horas para sentar e lamentar.

Olho o celular e fico conferindo o Instagram a cada poucos minutos: primeiro a timeline, depois os comentários e os novos seguidores, então as atividades recentes dos amigos para ver quem curtiu a foto de quem (atualiza-atualiza-atualiza). Minha bateria vai morrer, e nem vou poder passar o resto do tempo ouvindo música. Mas isso pode ser uma coisa boa; não sobrou quase nada em minhas playlists, além de músicas de fossa.

Comecei a gostar de verdade de The Smiths — e isso provavelmente não é uma coisa boa em meu estado!

Preciso estar super-atraído pela garota com quem estou. Eu preciso sentir... não sei, paixão, acho. E... eu simplesmente não sinto.

Foi assim que ele terminou comigo.

Decido que preciso de uma distração, então marcho até a livraria Hudson — não, não, nada de *book shop* (chega desses americanismos, ok?!) — e paro subitamente quando me dou conta: não sei o que estou procurando. A lista de mais vendidos é toda de *chick-lits*; geralmente gosto do gênero, mas, agora, todos os corações que vejo me fazem querer vomitar. Então meus olhos caem em um trio de suspenses trash, daqueles bem violentos e cheios de sangue — hum, parece uma ideia... Um livro que é todo ação, violência e *zero sentimento*. Exatamente do que preciso agora. Demoro cerca de cinco minutos para escolher, tentando prever o coeficiente de distração de cada livro, mas é difícil julgar só pelas capas quase idênticas — silhuetas masculinas abaixo dos títulos de uma só palavra. Eu me pergunto: sério, qual é a diferença entre *Vingança*, *Retaliação* e *Revanche*?

A chamada de *Revanche* é "DONNY TEM O QUE MERECE..."

Não sei quem é Donny ou porque ele "TEM O QUE MERECE", mas é minha escolha; vou até o caixa, dando meia-volta e desviando de uma figura que arrisca deslocar o ombro na tentativa de alcançar um capa dura na prateleira mais alta. Um dos mais vendidos. Escuto ele grunhir, então xingar à medida que um livro diferente cai da estante — vagamente percebo ser um pequeno exemplar brochura antes que me atinja a cabeça. Levanto os braços instintivamente, capturando o livro.

— Ai, cara, sinto muito.

Olho para cima, dentro dos olhos castanhos de um cara alto, que imagino ser alguns anos mais velho que eu. Seu cabelo é comprido e bagunçado, e parece amassado pelo gorro que, imagino, passou o dia inteiro usando. Estive em Nova York por tempo o suficiente para identificar garotos assim como um Punheteiro de Williamsburg — um apelido (certo, um insulto) que eu mesma cunhei e que as meninas da Sacred Heart achavam o Melhor e Mais Britânico sinônimo de "hipster" já ouvido.

Esse garoto pode ser um Punheteiro de Williamsburg, mas está se saindo relativamente bem com o visual bagunçado e marginal. Os hipsters do Brooklyn não têm a mesma... *casca grossa* dos hipsters lá de minha terra. Mesmo de mau humor, reconheço quando o cara é gato.

Se meu coração não tivesse sido usado como um saco de pancadas por outro hipster com belas maçãs do rosto, eu provavelmente estaria saltitando um pouquinho agora.

Ele estende a mão livre. A outra segura qualquer que seja o livro que ele veio comprar e uma bolsa da mesma loja de lembrancinhas de onde acabei de sair.

— Quer que eu coloque isso de volta?

Olhei os dois livros que eu segurava. O exemplar que resgatei de uma morte dolorosa está coberto de desenhos de taças de vinho, instrumentos musicais, corações remendados — e, estranhamente, um cachorro. Rebuscadas letras vermelhas gritam para mim:

Supere seu ex em dez passos fáceis!

— Talvez tente começar aceitando que ele é um idiota.

Olho de volta para o Hipster Gatíssimo, que sorri enquanto olha de mim para o livro de autoajuda. Então ele aponta para *Revanche*.

— Embora pareça inclinada a ideias mais violentas.

Assinto.

— Vou sonhar acordada com minha revanche.

— Você devia me deixar pagar por esse. Afinal, eu quase te causei uma concussão.

Entrego o livro a ele.

— Obrigada. Você ganhou imunidade em minha Lista de Revanche.

Hmm, o que está acontecendo aqui? Estou flertando... com um desconhecido? Isso não é exatamente "eu", mas como ele é um garoto bonitinho que nunca mais vou encontrar, não faz mal flertar um pouco, certo?

Até mesmo a Charlotte Inglesa faz isso às vezes. E só porque fui reconfigurada à Charlotte Inglesa, não significa que não posso acrescentar algumas coisas e melhorá-la. O

Hipster Gatíssimo não sabe que levei um pé na bunda do namorado por não ser gatíssima; não sabe que chorei todas as horas das últimas duas semanas; não sabe que minha Missão de Outono para me transformar em uma Ousada Alma Livre resultou nessa alma sendo capturada e jogada em uma masmorra emocional.

A missão Nova York original ainda está ativa: por mais algumas horas, eu *não* preciso ser a menina inglesa tímida e reservada.

Posso ser ela quando chegar em casa.

— Ei — diz ele, colocando todos os livros debaixo dos braços. — Posso pedir sua opinião a respeito de uma coisa?

Ele não espera que eu responda. Da bolsa da loja de lembrancinhas, ele puxa um ursinho cor-de-rosa com uma camiseta preta estampada com o horizonte de Manhattan, que parecia ter sido desenhado por uma criança. Em letras garrafais cor-de-rosa estão as palavras "I HEART NEW YORK".

Não tem um símbolo de coração — a palavra "heart" está realmente escrita.

— Comprei isso para minha namorada. Ela está voltando depois de um semestre na Califórnia... o quão brega você acha que é, numa escala de um a dez?

— Dezessete.

Ele ri. Demais. Eu me pergunto se a risada seria tão irritante se não viesse logo depois da menção à palavra com N que freou meu otimismo.

Aprenda a lição, Charlotte Inglesa, digo para mim mesma enquanto sigo o Hipster Gatíssimo até o caixa, feito uma idiota. *A operação Nova Charlotte foi um fracasso humilhante.*

Ele paga por meu livro, e ignoro o que quer que ele esteja tagarelando a respeito. Estou certa de que sua "namorada" é adorável e tudo mais, mas não é como se eu quisesse escutar como ela vai "sacar" a ironia da camiseta brega. Depois de pagar, ele me entrega a sacola com meu livro e saímos juntos, parando do lado de fora da loja. Andamos em direção a uma tempestade de gente, viajantes natalinos se acotovelando em todas as direções.

— Obrigada pelo livro — agradeço, enfiando o exemplar na bolsa.

Ele está prestes a responder quando nós dois nos sobressaltamos com o som da voz de um garoto; um uivo agudo que corta o burburinho do aeroporto.

— Você quer terminar? Sério?

O Hipster Gatíssimo se vira — preciso dar um passo ao lado para ver também —, e nós dois encaramos. Um jovem casal está frente a frente, do lado de fora do portão de desembarque. A garota é uma loira bronzeada, com cabelos ondulados perfeitamente irritantes, usando um fabuloso sobretudo branco. Ela não parece muito mais velha que eu. A mala azul-bebê me diz que foi ela quem chegou. O garoto também tem minha idade e veste uma jaqueta cargo marrom-claro, que destoa terrivelmente da camisa xadrez amarela e creme que posso ver por baixo. Sobre um ombro está a alça de uma mochila vermelha, mas não vejo nenhuma etiqueta de aeroporto. Esse não é um casal jovem voltando de algum lugar; esse é um casal jovem se *reencontrando* no aeroporto.

Bem, eles *eram* um casal. E "reencontrando" talvez seja forçar a barra.

A garota aperta as mãos, segurando-as junto ao peito. O sinal universal de *Desculpe*. O garoto deixa a mão com uma dúzia de rosas vermelhas cair ao lado do corpo enquanto os olhos seguem em todas as direções, como se tivessem acabado de lhe perguntar a raiz quadrada de 23.213.

Acho que exibi exatamente aquela expressão quando Colin terminou comigo.

Faço uma careta para o Hipster Gatíssimo — a expressão universal de *Constrangedor*. Mas ele não está me olhando... ele observa o chão, balançando a cabeça.

— Ela disse a ele que o encontraria depois das festas de fim de ano — revela.

Que inferno, *aquela* é a garota que ele veio encontrar?

Ele me olha, o semblante parecido com o do Sr. Lawrence quando o encanador disse que ligaria em "alguma hora entre dez da manhã e quatro da tarde". Um olhar que dizia: *Dá para acreditar nas merdas que preciso aturar?*

— Ela ia lidar com isso depois. Mas aqui está ele, aparecendo para uma "surpresa" e a colocando nessa situação terrível. Que babaca, hein?

Ele nem diz adeus; só caminha em direção ao casal em questão, pegando o estúpido ursinho de pelúcia e o colocando no ombro da garota. Sobressaltada, ela se vira e suspira de prazer. Então sorri e o puxa para um beijo longo e profundo enquanto o trem dos pensamentos do pobre garoto das rosas não parece nem perto de chegar à estação.

Eu me afasto da cena bizarra e sigo meu caminho até a segurança, lembrando de algo que o Hipster Gatíssimo me disse.

Não tenho nenhum problema em aceitar que *ele* é um babaca.

*

14H55

— Senhor, entendo que esteja chateado, mas não sou responsável pelo clima. Se quer descontar em alguém, tente Deus.

Já ouvi a moça no portão repetir variações dessa mesma frase para quatro passageiros, e ainda tenho esperanças de que meu cérebro tenha apenas decidido me pregar peças, criando um pesadelo no qual relatos de uma provável nevasca lançaram o aeroporto JFK no caos.

Quando chego à frente da fila, coloco minhas mãos no balcão, como se precisasse de apoio, digo à mulher o número de meu voo e espero, desesperadamente, que meu avião tenha rodas especiais e pneus alienígenas com tração suficiente para atravessar a pista — não importa o quão forte seja a neve — e me levar para bem longe daqui.

De volta para casa.

A Moça do Portão de Embarque olha o computador.

— Bem, querida, a boa notícia é que seu avião está aqui no JFK. A má notícia é que não vai decolar, devido ao...

Então ela começa algum tipo de explicação, mas não escuto porque minha cabeça parece estar debaixo d'água, minhas orelhas explodem com esse ruído que faz tudo parecer distante de repente. Meu casacão preto, que a Sra. Lawrence comprou para mim quando o tempo virou, parece ter criado vida e está estrangulando meu corpo inteiro.

Meu voo para casa foi cancelado.

Estou presa aqui.

— E o voo seguinte? Não posso mudar? Quero dizer, é um voo de madrugada, certo? Não faz diferença para mim se pousar às oito da manhã em vez de seis... não vou dormir mesmo. Nunca durmo em aviões. Fico empolgada demais com a viagem. — Sinto que estou divagando, mas sei por que estou fazendo isso; enquanto falo, não choro.

Não posso ficar presa aqui. Não posso! Preciso ir para casa. Meus pais estão me esperando. Na verdade, meu pai provavelmente está conferindo o *status* de meu voo agora mesmo e, quando descobrir o atraso, vai pirar.

— Sinto muito, senhorita — lamenta a Moça do Portão de Embarque; a expressão mostra como parte seu coração ser a portadora de más notícias para uma estranha. Eu a vi fazer a mesma cara duas vezes até agora. — Mas, com essas condições climáticas, todos os nossos voos para Londres estão com uma longa lista de espera... é muito difícil que você embarque esta noite. Sinto muito.

Ela me indica um balcão de informações, onde outra moça sorridente demais encara a tela de um computador por, juro, cinco minutos inteiros antes de me dizer que o voo em que ela consegue me encaixar não decola antes das nove e meia... da manhã.

Não vou estar em casa com minha família na manhã de Natal. Em vez disso, estarei em Nova York — a cidade que amo, mas que só quero deixar para trás.

*

Tenho mais um daqueles Momentos Perdidos. Passaram-se quem-sabe-quantos minutos, e estou vagando de volta ao terminal principal. Deixei minha mala com a companhia aérea e, no ombro, carrego minha bolsa, vazia exceto pelo livro que o Hipster Gatíssimo comprou para mim e um voucher que recebi da empresa aérea. É para o Ramada, o hotel onde acho que vou hibernar e passar a véspera de Natal... sozinha. Jamais fiquei em um hotel sozinha e, de repente, me sinto sem saber o que fazer. E se o hotel não me admitir sem um adulto? E se eu acabar *totalmente* abandonada, presa entre um hotel que não me deixa entrar e um aeroporto que não me deixa sair?

Essa é a pior coisa que já me aconteceu.

— Você vai ficar bem, querida. Sempre fica.

Estou ao celular, falando com minha mãe. Quero que ela surte completamente, assim como eu, mas minha mãe é sempre adorável e zen. Na verdade, ela é conhecida por isso. Todo mundo a chama de "Zenlanie" — sempre achei esse o pior trocadilho existente, mas agora, neste momento, parece uma das coisas mais engraçadas que já ouvi na vida.

Eu me esparramo em um assento, apoiando o rosto na mão livre. Não me faz sentir melhor, mas o aeroporto parece um pouco mais distante — e menos como se me sufocasse.

Minha mãe começa a dizer alguma coisa, mas a voz é sufocada por Emma, e imagino minha irmã de 5 anos brigando com unhas e dentes pelo telefone da casa.

— Mamãe, mamãe, quero falar com a Lot! Por favooooor!

Quando bebê, Emma nunca conseguia falar "Charlotte", então "Lot" pegou. Em todos os outros dias de minha vida, achei isso irritante... mas não hoje.

— Agora não, Em — diz minha mãe. Então, para mim: — Você não pode voltar para a casa dos Lawrence?

— Não — respondo. — Eles estão passando o Natal com uns parentes em Vermont. Foram direto do aeroporto, depois que me deixaram aqui.

— Você vai ficar bem, querida — repete. — Você pode ir para o hotel e ao menos ficar quentinha e segura, certo? O que mais pode querer?

Enxugo meus olhos e desvio a boca do celular, assim ela não pode me ouvir fungar. Há *muito* mais que posso pedir além de um quarto de hotel aquecido; tipo, um voo para longe desta cidade miserável. *Que tal esse "mais"?* Deus, por que a vida decidiu não apenas me nocautear, mas também cuspir em minha cara e então fugir, rindo?

Mamãe diz que podemos comemorar o Natal um dia depois e que a família inteira me ama, e — por alguma razão — isso me desmonta. Nunca fomos uma dessas famílias dadas a demonstrações de afeto, e o fato de minha mãe sentir a necessidade de *dizer* alguma coisa me dá a certeza: sim, estou em uma situação bem merda hoje. Digo a ela que a amo também, dolorosamente consciente de minha garganta estrangulando as vogais; antes de desligar, minha mãe diz:

— Quero que você me escute, ok, Char? Você está ouvindo?

— Uhum.

— Sei que isso parece horrível, e eu entendo, mas não a quero se remoendo, ou sentada aí, chateada. Sim, é uma situação infeliz, mas não é o pior dia que você poderia ter, considerando tudo. Certo? Sempre há alguém em situação pior, querida.

Digo a ela que entendo — e é verdade, mas também sei que talvez demore até eu concordar com ela. Terminamos a chamada, e enfio o celular na bolsa. Sei que a maior parte do peso em minha perna vem do suspense que o Hipster Gatíssimo comprou para mim, porém o que mais me incomoda é o voucher para o quarto de hotel, o qual me enerva um pouco ocupar sozinha. Minha mãe agiu com muita tranquilidade em relação a isso também, insistindo que se eu podia voar até os Estados Unidos sozinha, também podia sobreviver uma noite em um quarto de hotel.

Ela está certa; até mesmo a Charlotte Inglesa estaria apta a passar por isso.

Mas sei que o quarto propriamente dito será padrão e básico — e provavelmente bege. Estou ficando deprimida só de pensar, e sei que a única coisa que vou fazer nesse quarto é sentar e pensar em Colin, na coisa terrível que ele me disse e em sua expressão quando o fez — como se me explicar por que estava me dispensando fosse muito inconveniente ou coisa assim. Vou pensar sobre o quão babaca ele é e me sentir uma fracassada completa por desejar ter *despertado* a tal paixão, ou o que quer que o tenha feito ficar super a fim da menina com quem está. Ele não vale as lágrimas que derramei, e, ainda assim, estou pensando em ligar para ele e perguntar se a gente pode dar um tempo nessa coisa toda de terminar, só por metade do dia, assim não terei que sentar no quarto de um hotel e pensar nele. E isso nem parece a coisa mais doida e desesperada que já considerei fazer.

É assim que me encontro na véspera de Natal, depois do semestre fracassado em Nova York — sozinha no aeroporto, sem ter como voltar para casa até amanhã, carregando apenas, um suspense barato sobre um cara chamado Donny que, por motivos cada vez menos importantes, "TEM O QUE MERECE". Procuro pelo voucher do hotel na bolsa para conferir o endereço e, quando eu o afasto, não vejo a capa de *Revanche*, mas sim...

Supere seu ex em dez passos fáceis!

O maldito livro de autoajuda! O Hipster Gatíssimo não devia estar prestando atenção no caixa. Dar de cara com isso logo após considerar, por um momento, ligar para Colin e pedir penico faz meu sangue ferver, então pego o livro e o jogo para o lado.

É só quando taco o livro que me dou conta de que não estou sozinha no banco. Há alguém estranhamente familiar sentado a meu lado. Um garoto, mais ou menos de minha idade, um pouco alto, cabelo escuro cortado curtinho, vestindo uma jaqueta cargo marrom por cima de uma camisa xadrez amarela e creme; não é um desastre *fashion*, mas elas meio que não combinam. Ele está jogado no assento, uma dúzia de rosas vermelhas no colo, a mochila vermelha entre os pés, tão distraído esfregando suas botas de trekking uma contra a outra que não percebe meu presente de Natal acidental — comprado pelo garoto com quem sua namorada literalmente acabou de fugir.

Mas peço desculpa de qualquer forma, enquanto me estico para pegar o livro. Deveria jogar fora na primeira lata de lixo, mas, por algum motivo, seguro contra o peito.

Sua reação é atrasada, como se minha voz não estivesse viajando na velocidade do som ou coisa assim. Ele vira e me encara com o olhar vazio, e de repente entendo o que minha mãe quis dizer. Alguém em uma situação pior que a minha está sentado a meu lado. Certo, talvez ele esteja pior que eu *no momento* só porque levou um pé na bunda literalmente nesse segundo, mas ainda assim. Eu teria sentido um livro cair em meu pé.

Acho.

Ele me dá as costas e encara o vazio de novo. Estou fazendo um trabalho incrível ajudando a pessoa que está pior que eu, não?

— Meu nome é Charlotte — me apresento, pegando sua mão e o cumprimentando. — E *você* teve sorte ao escapar.

O pobre coitado só olha para nossas mãos, como se esse fosse seu primeiro aperto de mãos da vida, então me encara, confuso. Boa, Charlotte... enquanto ele levava um pé na bunda mais cedo, dificilmente repararia na inglesa intrometida (que por acaso estava ao lado do garoto prestes a sair — e se agarrar — com sua ex, bem na sua frente).

Eu me explico.

— Eu, hmm, vi você mais cedo... com sua namorada.

Ele olha para as rosas.

— É... devia ter imaginado que nosso showzinho chamaria atenção.

Ele está falando, pelo menos, e quase rio quando percebo que não faço a menor ideia de qual é meu plano aqui — ele é quem está na pior, mas dificilmente vou curar seu coração hoje, não é? Além disso, meu próprio coração talvez não esteja jorrando sangue agora, mas provavelmente porque não sobrou mais nenhum depois do que Colin fez comigo.

— Qual seu nome?

Ele responde para as flores:

— Anthony.

— Oi, Anthony. Confie em mim... você deu sorte. Ela... não é boa coisa.

— Você não a conhece.

— Conheço o bastante para saber que é melhor não perder seu tempo com uma garota capaz de chutar você na véspera de Natal por causa do primeiro garoto bonitinho que aparece.

Anthony meio que vira o rosto para mim, os olhos arregalados indicando seriedade.

— Você não entende o que aconteceu entre nós, ok? Maya não é uma cabeça-oca atrás do primeiro cara bonito que chama sua atenção. — Ele parece convencido. Mas, do meu ponto de vista, a segunda parte dessa sentença está completamente errada. — Ela só... ela só... provavelmente não está lidando muito bem com essa coisa de namoro a distância. Ela ficou fora o semestre inteiro, sabe? Acabou de começar a faculdade, é tudo novo para ela... é *claro* que isso mexeria com sua cabeça.

Ele parece convicto. Mas passei um tempo com o garoto com quem ela foi embora... O cara parece um verdadeiro Punheteiro de Williamsburg, o que significa que ele é de Williamsburg (ou dos arredores), o que significa que ela estava tão longe dele quanto estava de Anthony.

Mas não digo nada. Não preciso, porque Anthony põe as mãos no rosto e se inclina para trás na cadeira. Ele cerra os punhos e os deixa cair em cima das rosas rejeitadas.

— Não, você está certa — admite ele, finalmente. Por um momento, me pergunto se está prestes a chorar, mas ele suspira profundamente e balança a cabeça. — O que ela fez foi uma merda. E o doido é que, se eu não tivesse aparecido para fazer uma surpresa, não ia descobrir.

Sinto necessidade de apertar o braço dele. Mas não faço isso, apenas digo:

— Você deveria ir para casa. Assista a alguns filmes idiotas com a família, qualquer coisa que distraia sua mente. Qualquer coisa típica de Natal que planejava fazer essa noite, faça.

— Não posso voltar para casa — retruca ele para as rosas. — Eu disse a meus pais que passaria o Natal com Maya e a família. Eu achei que se eu fizesse uma surpresa, ela... — Ele pula dessa linha de pensamento para outra. — Esquece. Só... não quero voltar para casa esta noite. — Ele repara que estou franzindo a testa para ele. — O quê?

Imagino como deve estar minha expressão. A cara de quem está pensando *coitadinho*.

— Nada — respondo a Anthony. — Só que... entendo um pouquinho como você se sente. Eu também passei por um término, uma quinzena atrás. Ou seja, duas sema...

— Eu sei o que é uma quinzena — corta ele.

— Desculpe. De qualquer forma, qualquer que seja o problema com sua família, supere. É Natal, e você tem a chance de estar com eles. Podia ser pior. Como passar a véspera de Natal no Ramada.

Ele exibe uma expressão complacente, então franze a testa para meu colo. Por um segundo, penso que está me analisando, e estou prestes a soltar um som enojado — levar um fora não torna aquilo aceitável —, quando me dou conta de que ele só está olhando para o livro ainda em minhas mãos.

— Se eu fosse você, jogava isso no lixo quando saísse daqui.

— Estava na lista de mais vendidos — argumento. — Deve funcionar para *alguém*.

— *Dez passos fáceis*? Se fosse *um* passo, talvez eu acreditasse. Dez passos parecem algum tipo de golpe para mim.

Olho para o livro, virando-o em minhas mãos. Tem uma pequena foto da autora — Dra. Susannah Lynch — no canto direito. Uma mulher de meia-idade, com um estilo entre hippie e sensato/elegante, e um rosto acolhedor e franco, que parece insistir: ela só quer ajudar cada comprador de seu livro.

— É — digo. — Acho que dez passos demorariam um pouco...

Olho do livro para Anthony. Nós dois fomos dispensados. Ele não quer voltar para casa, e eu não posso voltar para casa mesmo que queira. E não quero *mesmo* ir para o Ramada: vou acabar encolhida, chorando, olhando para o celular de dois em dois minutos para conferir o Instagram de Colin, porque *preciso* saber o que ele está fazendo. O que ele está fazendo sem mim. Suas selfies pretensiosas em frente a paradas de ônibus e estações de metrô — o tema de Colin era a "jornada" — costumavam me fazer revirar os olhos, mas de repente fiquei muito mais interessada em "onde ele está indo".

Meio que odeio isso.

Antes de questionar se é uma boa ideia, estou perguntando a Anthony quão bem ele conhece Nova York.

Ele me olha como se eu tivesse acabado de perguntar se ele tomava banho com creme de ovos.

— Morei a vida toda aqui. O que você acha?

— Faltam, tipo, 17 horas até meu voo. Eu me recuso a passar todas elas em um quarto de hotel apertado, encarando as paredes. Elas devem ser *bege*! Preciso tirar os problemas da cabeça. Acho que andar pela cidade na véspera do Natal vai ser ótimo para isso, não acha? Você não sabe, mas vim a Nova York viver algumas histórias, e acabei não fazendo isso. Mas quantas pessoas podem escrever sobre ficar abandonadas a mais de 4 mil quilômetros de casa na véspera de Natal?

Ele ainda está me olhando, sem piscar.

— Provavelmente nenhuma. A maioria dessas pessoas foi assaltada, né?

— Isso provavelmente acontece porque elas estavam sozinhas. — Não sei se essa é a Charlotte Inglesa ou a Nova Charlotte. Quem quer que seja, ela tem um plano.

Anthony está balançando a cabeça.

— Não, não, não...

— Você *disse* que não queria voltar para casa — insisto.

Ele começa a dizer alguma coisa, então para. Ele não tem uma resposta.

Só uma pergunta:

— Você realmente acha que perambular por Nova York vai resolver tudo?

Claro que não, quero dizer. Não espero que perambular por Manhattan à noite vá preencher os buraquinhos em meu coração; provavelmente sequer os cobrirá. Mas estou sofrendo e isso precisa ter um fim. E estou mais sozinha que julgava ser possível, e não quero que Anthony vá embora. Talvez porque agora ele seja meu único conhecido em Nova York (mesmo que eu meio que o conheça só um pouco). E, se eu pelo menos voltar dessa viagem com uma História, uma experiência única — que só posso ter em Nova York —, então, talvez, só talvez, quando eu for uma velhinha, não fique me martirizando porque desperdicei três meses de minha vida com um garoto e uma cidade que não retribuíram meu amor.

Afinal de contas, velhinhas provavelmente ficam muito machucadas batendo em si mesmas. Artrite e tal.

— Vamos lá — insisto, em vez disso. — Vamos! Vai ser divertido. Você parece estar precisando de um pouquinho de diversão. Sei que *eu* estou.

Mas ele balança a cabeça.

— Garota, se você acha que superar um amor é simples assim, então...

Ele para, balançando a cabeça outra vez. Sorrindo.

Por algum motivo, isso me faz querer acertá-lo com as rosas rejeitadas. Talvez porque ele me chamou de *garota*.

— Então o quê?

— Nada.

— Não, me diga... então o quê?

Ele dá de ombros, balançando a cabeça outra vez. Pega as rosas e a mochila e se levanta.

— Então acho que você não entende o amor.

Ele vai embora, me deixando sozinha no banco.

*

Dez minutos depois, estou parada no fim da fila de táxis do lado de fora do aeroporto. É uma fila *comprida* — um reflexo de todos os voos cancelados. Está *nevando em mim*. Eu me pergunto se sou algum tipo de idiota por ignorar um quarto quentinho de hotel, onde posso passar a noite inteira de inverno entre paredes e de graça.

Mas estou determinada: a Charlotte Inglesa vai voltar para casa com uma História. Uma ótima lembrança.

Meu celular, guardado no bolso do jeans, vibra contra a perna. Mensagens de WhatsApp dos amigos na Inglaterra: souberam que fiquei presa. As duas primeiras — de Heather e Amelia, minhas melhores amigas, dizendo sentir inveja por eu passar o Natal em Nova York — me fazem sorrir. Mas Jessica, a mais velha de minhas duas irmãs, me mandou um emoji gigante, com carinha de choro, o que me deixa com uma cara triste de verdade, então paro de conferir as mensagens. Vou guardá-las para mais tarde.

O céu está cinza sombrio, e a neve, caindo nos passageiros presos na longa fila. Discussões mais à frente, e uma mulher irritada, vestindo um casaco pesado, começa a controlar a fila, avisando que vão colocar o maior número de passageiros nos táxis. Ela tem uma prancheta na mão e pergunta às pessoas seu destino, guiando-as para um táxi ou outro. Quando é minha vez de responder, não faço a menor ideia de para onde estou realmente *indo*, mas lembro de um bairro aonde os Lawrence me levaram, no qual tomamos um café tão gostoso que esqueci a saudade do bom e velho chá inglês.

— Greenwich Village.

Ela olha para a prancheta, então aponta para um dos táxis. Ela se vira para o próximo da fila, e sigo meu caminho. Abro a porta traseira do carro, vejo quem está sentado do lado de dentro e suspiro.

— Ah, fala *sério*.

CAPÍTULO DOIS

ANTHONY

15H40

— Você é um babaca.

— Ah, eu sou um babaca? Bem, você é uma vadia passivo--agressiva.

O casal no banco da frente está bombardeando um ao outro desde o aeroporto até o túnel Midtown, mas as palavras "babaca" e "vadia passivo-agressiva" parecem deixar os dois com um puta tesão. Agora preciso ouvi-los se sufocar com as línguas.

Eu e Charlotte, a inglesa irritadinha, ocupamos o banco de trás, os dois encarando o teto. Eu me pergunto se seu pescoço dói tanto quanto o meu. Estamos sentados o mais longe possível um do outro, minhas rosas rejeitadas entre nós. Não sei por que ainda não joguei essa coisa pela janela.

Não estou arrependido de ter lhe chamado a atenção pela postura ingênua, mas Charlotte foi tão gentil comigo no aeroporto que *acho* que me sinto meio mal por vociferar e dar as costas para ela daquele jeito. Quero dizer, aquilo não tinha nada a ver com ela — e tudo a ver com Maya.

Maya...

Devo ser um completo idiota por não perceber. Claro, casais podem se afastar quando uma metade cursa a faculdade do outro lado do país. Mas Maya não me trocou por um californiano. Ela me chutou por um babaca ESTÚPIDO — um cara também do Brooklyn, mas de um Brooklyn mais *pretensioso*. Ela estava me traindo em nosso relacionamento a longa distância com um *affair* a longa distância.

Certamente ela conhecia o cara desde antes de partir. E se o conhecia, significa que me traía já havia um tempo. E se estava me traindo havia um tempo, isso significa que *estou* melhor sem ela. Sei que tudo isso é verdade...

Então por que me sinto como se tivesse engolido um monte de cacos de vidro?

O táxi nos leva até a cidade, e, quando passamos por um motel na 39th, o casal excitado subitamente grita para o motorista parar. Acho que os dois devem ser colegas de quarto, ou então vivem com os pais. Eles lançam um olhar de desculpas em nossa direção, jogam um terço da tarifa para o taxista, descem do táxi e se abraçam enquanto caminham até o hotel, rindo.

Mas um dos dois deve ter dito algo errado na caminhada de 5 metros do meio-fio até o hotel, porque começam a brigar outra vez. Escuto a palavra "ex-namorado" enquanto o táxi vai embora, e meu coração se aperta. É isso que sou agora.

O ex de Maya.

O táxi continua na 39th, dirigindo-se até Hell's Kitchen, destino que solicitei ao motorista. Não planejava ir até Manhattan, mas, antes de entrar no táxi, cometi o erro de checar o Snapchat, e vi um post de Maya em uma cafeteria de Bushwick, anunciando como ela e o cara novo, Ash, haviam finalmente concordado em ser exclusivos. Pelo ângulo do vídeo e pelo balançar constante da tela, nota-se que foi filmado com um pau de selfie. *Uma merda de um pau de selfie.*

Por alguns segundos, realmente me senti um pouco menos merda pelo pé na bunda.

Decidi que, se Maya estava se divertindo no Brooklyn, eu me abrigaria em outro bairro e iria ao Ice Bar, na 40th Street, Manhattan. É uma total espelunca, mas minha identidade falsa jamais foi questionada ali — e Maya não vai aparecer do nada. Ela *nunca* colocaria os pés no Ice Bar. Para começar, o lugar é mal iluminado e tem um esquema de cores pesado, que torna impossível a tarefa de tirar uma selfie decente.

Charlotte vai para o Village; onde, acho, espera encontrar uma História.

Estou esfregando o ponto dolorido em meu pescoço.

— Foi meio torturante, hein?

Não sei por que me dou o trabalho de falar com ela. Sua expressão sugere que preferia que eu não o fizesse.

— Mas acho vocês, ingleses, tão educados que mesmo que eu reproduza o Cinemax aqui, você não diria nada. — Estou prestes a explicar o que é o Cinemax, mas ela desvia o olhar. É meu dever manter a conversa, acho. — Então... por que o Village?

— Por que se importa?

— Bem, quero dizer... — O que eu *quero* dizer? Por que fiz essa pergunta? Por que me importa para onde ela vai? — Sei que devia estar em um avião, voltando para casa. O Village não devia fazer parte dos planos, e agora você está à procura de uma História. O que acha que vai encontrar lá?

— Não é da sua conta.

— Olha, desculpa, ok? — Agora ela me encara. — Eu estava fora de mim quando falei com você daquele jeito no aeroporto. — Aponto para as malditas rosas, como se elas fossem um replay de meu término humilhante. — Estava meio sem cabeça.

— Parece que ainda está.

— Talvez. Acho que estou insistindo porque me preocupo. Não gosto da ideia de uma garota andando sozinha pela cidade à noite.

Ela me encara por um segundo, o olhar suavizando. Então seus olhos se estreitam, e ela se vira.

— Posso cuidar de mim mesma, obrigada.

— Tenho certeza de que sim. É só que... está frio e escuro. E, se você não é daqui, Nova York pode ser... não sei, um tipo de monstro. Pode te comer viva, sabe? Especialmente com esse seu sotaque de *Downton Abbey*.

Ela faz um barulho indignado, como se a tivesse ofendido de verdade.

— Eu *não* falo como...

Nós dois nos sobressaltamos com o som de uma buzina retumbando, porque vem de nosso táxi, foi acionada por nosso motorista. Ele xinga baixinho enquanto troca de faixa, balançando a cabeça para, acho, reprovar a direção medíocre do táxi à frente.

Antes que ela possa terminar o protesto, ergo minhas mãos em um pedido de desculpas.

— Só quis dizer que, independentemente de quem seja a pessoa, não é a ideia mais inteligente vagar por aí à noite, esperando alguma coisa acontecer. Porque o mais provável é que, aconteça o que acontecer, será algo ruim. Confie em mim, tenho alguns policiais na família. Ao menos pense no que quer fazer. Desse jeito, sabe, você... fica longe de problemas.

Charlotte suspira e coloca uma mecha do cabelo ondulado e escuro atrás da orelha, pensativa. O brilho rítmico e lento das luzes da rua por onde passamos ilumina seu rosto. Nota-se que a pele pálida é um lance do ano inteiro, não só do inverno. Ela pega o livro de autoajuda.

— É — diz. — Você provavelmente tem razão. Admito, não pensei muito sobre *o que* faria. Só queria desligar minha mente... — Ela não conclui a frase, e acho que está tentando não pensar no cara que terminou com ela. — Só nunca fiquei fora de casa no Natal antes, e, se vou passar a data sozinha, a meio mundo de distância da família, eu deveria fazer disso uma História.

Ela fica repetindo isso. Estou começando a me perguntar se é realmente o que ela quer, ou se só está tentando se convencer.

Aponto para o livro.

— Qual é o primeiro passo? — Ela me olha de rabo de olho, tipo, *O que isso tem a ver com o resto?* Explico: — Tem dez passos nessa coisa, certo? Então suponho que traga instruções, sugestões: algo para te *ajudar* a começar. Talvez...

Charlotte abre o livro e vira as páginas até chegar ao primeiro capítulo. Ela ergue o livro bem perto do rosto porque está escuro dentro do carro — agora finalmente começando a ganhar velocidade. Ela lê em voz alta:

— Faça algo que parou de fazer porque seu ex não gostava. — Ela pula essa parte, folheando seja lá o que está escrito ali, então fecha o livro e balança a cabeça. — Estávamos juntos há pouco tempo, um semestre. Talvez precise pensar mais um pouco sobre o assunto...

Sinto o sorriso se formando em meu rosto quando penso que, talvez, possa ajudá-la com isso. Porque não preciso de muito para me lembrar de algo que *eu* parei de fazer porque Maya insistia ser inegociável.

Não me dei tempo suficiente para me perguntar se aquela ideia era boa ou ruim.

— Você está com fome?

1. FAÇA ALGO QUE VOCÊ PAROU DE FAZER PORQUE SEU EX NÃO GOSTAVA

Todos nós "ajustamos" ou "mudamos" um pouco nossas personalidades quando começamos um novo relacionamento. É natural. Mas, sem perceber, você abriu mão total e completamente de um hobby ou parou de comer sua comida favorita. Enquanto é amado, você não se importa porque está fazendo isso pelo parceiro, para deixá-lo feliz.

Mas, agora, esse parceiro é um ex...

*

Redireciono o táxi para Bleecker, e descemos no John's — onde, conto a Charlotte, servem a melhor pizza de Manhattan. Começo a andar até a entrada... então me lembro de uma pergunta que deveria ter feito antes de pedir ao taxista para nos deixar aqui.

— Você gosta de pizza, certo?

Ela assente e faz cara de *Você está falando sério? Claro que eu gosto de pizza. Quem não gosta de pizza?*

Damos mais um passo em direção ao John's, e então *ela* para.

— Suas rosas.

Eu me viro e vejo as luzes traseiras do táxi desaparecendo Bleecker abaixo. Dou de ombros.

— Talvez a próxima corrida dele envolva um cara que precise de um presente de Natal de emergência.

Dez minutos depois, já tínhamos dado duas mordidas na pizza que dividimos, e estou arrependido por ter me controlado e pedido uma média.

— Até que é boa — elogia ela, entre uma mordida e outra, sem se dar conta do fio de muçarela pendurado no lábio inferior. Aponto, e ela limpa a boca com um guardanapo, murmurando um agradecimento e sorrindo.

Não acho que Maya acharia isso engraçado. Pensando a respeito, ela ficaria irritada — e provavelmente encontraria um jeito de me culpar. Mas, de qualquer forma, ela jamais comia pizza, então esse cenário nunca aconteceria — então eu *não* deveria pensar sobre isso.

Charlotte dá outra mordida, dessa vez com mais cuidado. Ela olha para as paredes de madeira, onde centenas, talvez milhares, de nova-iorquinos rabiscaram uma pichação em cima da outra. Nomes, saudações para determinados bairros. Um cliente deixou até o número do telefone.

— Eu me pergunto — começa ela, entre mordidas — quem foi o primeiro cliente a pensar *Sabe o que vou fazer? Vou rabiscar na parede.* E o que ele escreveu?

Balanço a cabeça, ainda analisando as pichações. Mais nomes, letras cravadas bem fundo na madeira, como cicatrizes abertas, estavam ao redor de uma das fotos enquadradas no painel: um registro em preto e branco de um jovem casal, andando de mãos dadas em alguma rua do centro da cidade. Logo acima, algum babaca rabiscou a palavra AMOR.

Desvio o olhar, de volta para Charlotte.

— Acho que agora não dá mais para saber, acho. As pessoas provavelmente rabiscam essas paredes desde que Roosevelt era presidente. Talvez antes disso.

— Acho que isso é uma coisa que nunca muda.

— O que?

Ela ergue um dedo para mim, sinalizando que devo sentar e esperar pela resposta, porque ela literalmente mordeu um pedaço maior do que consegue mastigar. Depois de cerca de dez segundos, ela não está nem perto de terminar, e revira os olhos, balançando a cabeça. Sinto que ela sorriria se fosse capaz disso com a boca cheia de pizza.

— O que nunca muda — diz, por fim — são pessoas buscando outras pessoas. — Ela gesticula para a parede. — Quero dizer, a coisa comum a toda essa... pichação ... é que cada uma foi feita por alguém à procura de que outro alguém o escutasse. Não importa se é alguém em especial — ela estica o braço e bate a unha contra uma das gravuras, o nome *Robyn* cravado profundamente no painel, então suas mãos recaem sobre a mesa, em um número de telefone aleatório — ou potencialmente toda a vizinhança. É provável que todo mundo que escreveu alguma coisa nesta parede só almejasse *alguém* para ouvi-lo.

Decido não responder porque só consigo pensar em uma coisa para perguntar: é assim que ela se sente? O cara que a dispensou, que partiu seu coração — era esse o problema, não escutar? O cara não a *ouvia*?

Charlotte deposita os restos de sua fatia, limpa a mão em um guardanapo.

— Então sua namorada fez você desistir de pizza? Isso foi cruel.

— Não só de pizza — revelo, pegando minha segunda fatia e meio torcendo para que ela não queira comer mais de duas. Burrice *total* pedir a média. — Carne, laticínios e ovos.

— Está falando sério?

— Ela é vegana. Bem, desde que começou a faculdade. Insistiu que eu a apoiasse.

— Que parvoíce! — Não faço ideia do que significa "parvoíce", mas me faz rir e me encolher ao mesmo tempo. O jeito de xingar dos ingleses é muito fofo, a forma como soam, ao mesmo tempo, infantis e proibidos para menores. — Como ela ia fiscalizar isso da Califórnia? — Ela pega outra fatia, dá uma grande mordida.

— Quando a gente estava ao telefone, ela dizia que conseguia ouvir a carne em minha boca.

Eeee agora ela engasga. E quando estou prestes a levantar e perguntar se alguém no John's conhece a manobra de Heimlich, Charlotte sacode a mão para que eu me sente.

— Estou bem — assegura ela, limpando as lágrimas de riso dos olhos. — Estou bem. É só que é...

— Uma tremenda parvoíce? — arrisco. Ela está rindo de novo, e seguro minhas mãos em um pedido de desculpas por colocá-la em perigo pela segunda vez. Então penso, *Espere*. — Eu disse Califórnia?

Ela para, no meio de uma mordida, o rosto congelado. A voz é abafada pela boca cheia de pizza.

— Você deve ter dito. Ou isso ou chutei certo.

Concordo, termino minha segunda fatia e decido que está na hora de ela começar a escrever essa História. Ou isso ou eu quero muito, muito mudar de assunto.

— Então vamos lá, Inglesa. Você já deve ter pensado no Passo Um agora.

Ela considera e dá de ombros.

— A única coisa em que consigo pensar é andar de bicicleta. Eu pedalava para todo lado, mas, quando cheguei aqui, fiquei um pouco insegura. Sabe como é, com isso de vocês dirigirem do lado errado da rua e tudo mais. E nunca tive muita coordenação, de qualquer forma, então logo de cara fiquei nervosa. Decidi pelo menos tentar, porque eu amava andar de bicicleta e odeio o metrô, mas Colin ficou, tipo, *nossa, não, é perigoso demais. Os motoristas de Nova York não...* — Ela faz uma careta e balança a cabeça. — Deixa pra lá. Sim, seria pedalar. Se eu aceitar minha vaga em Columbia, gostaria de me sentir confortável pedalando por Manhattan.

Ainda há três fatias de pizza no prato entre nós, mas, de repente, não estou mais com tanta fome. Alcanço minha mochila debaixo da mesa, pesada por causa das roupas extras que trouxe, pois esperava passar as festas com minha namorada e sua família.

— Venha comigo.

*

16H35

Estou guiando Charlotte pela Bleecker mais deserta que já vi. Os galhos secos das árvores estão salpicados de branco pela neve, que cai mais forte, então os toldos das lojas não protegem ninguém. Todas as pessoas não contempladas com um pé na bunda seguem ao encontro de suas namoradas, namorados, mulheres, maridos, acho. Estão levando companheiros para casa a fim de conhecer os pais, em busca de aprovação, tornando as coisas oficiais. Era isso que eu deveria vivenciar esta noite. Eu deveria estar entre essas pessoas, *não* andando pela Bleecker. Provavelmente seria bom sair do vento frio, voltar para casa e aproveitar a noite com minha família, mas simplesmente não consigo encará-los, porque sei que meu pai vai fazer o máximo para catalogar esse incidente como prova do que sempre me diz.

Você não tem a malandragem de Luke, Anthony.

Ele nunca diz isso para me diminuir ou coisa assim; meu pai sempre me achou criativo demais — muito molenga — para o mundo grande e cruel. Mas o pior? Esta noite ele teria razão. Eu *tinha* que ser um idiota para não perceber como

Maya era uma furada. Então, não, não vou voltar para casa ainda, e, se a Inglesa Abandonada quer dar uma voltinha por aí, tentando escrever uma boa História a fim de ajudá-la a superar o término, por mim tudo bem.

Talvez me ajude a superar o meu.

— Para onde estamos indo? — pergunta Charlotte.

— Você vai ver.

Paro na Bleecker & Mercer, apontando para o bicicletário da Citi Bike, que está cheio, com mais ou menos vinte bicicletas azuis. Véspera de Natal.

— Você está de sacanagem? — Charlotte ergue as sobrancelhas. Percebo que ela realmente *tem* sobrancelhas. As de Maya eram tão finas que algumas vezes pareciam um truque de luz e sombra.

— Por que não? É algo que você parou de fazer, certo?

— Comer uma pizza sabor Festival de Carne e arriscar a vida numa Boris Bike não são a mesma coisa.

— Quem é Boris?

— Não importa. O ponto é — ela gesticula em direção ao trânsito, que está meio engarrafado agora, para-lama colado em para-choque — que parece meio perigoso.

— Então a gente vai até a ciclovia ao lado do Hudson. O único trânsito com o qual você vai ter que se preocupar é o de outras bicicletas. Vamos lá, o que diz?

Ela olha de mim para a fileira de bicicletas, então para a calçada. Ela está franzindo a testa, então ataco com a coisa que nós — meio que, tipo que — temos em comum.

— Você quer matar o tempo, não quer?

Ela assente. Nenhum franzir de testa. Está pensando no assunto.

Estico um polegar na direção das bicicletas.

— Então vamos... vamos pedalar esse negócio.

Ela revira os olhos, resmunga, joga a cabeça para trás, mas está rindo, flocos de neve aninhados em suas covinhas.

— Essa foi péssima. — Ela ri. — Mas tudo bem. Por que não?

Alugo as bicicletas, e andamos com elas pelas ruas de paralelepípedos até a rodovia West Side, o que *não* poderíamos fazer em um dia normal, porque seríamos um perigo para os pedestres. Mas na véspera de Natal, a maior parte do centro parecia ser nossa. Chegando à ciclovia, eu paro, subo na bicicleta e olho para Charlotte.

— Pronta?

Ela pendura a bolsa no guidão, então passa a perna por cima do banco. Ela parece um pouco... nervosa não, mas insegura. Dá para ver que já faz um tempo.

— Acho que sim — responde. — Mas é melhor você ir na frente, pelo menos no começo.

Então começo, guiando-a pelo caminho. A cada seis ou sete pedaladas, não resisto e olho por cima do ombro para conferir se ela ainda está me acompanhando, se ela não desapareceu.

— Está pegando o jeito? — grito, depois que pedalamos por umas seis quadras.

— Sim! — grita ela em resposta. — É como andar de bicicleta.

Diminuo o ritmo para ela me alcançar.

— Estamos unidos por piadas ruins.

Ela pisca para mim.

— Para onde estamos indo?

— Eu me rendo — admito. — Só estava dando uma volta. Não pensei muito sobre o destino.

— Você não disse mais cedo que vagar por aí sem destino é um jeito de se meter em confusão?

— Sim, para você — digo. — Porque não conhece a cidade. Mas eu, eu posso muito bem andar sem rumo...

— Cuidado!

O alerta vem quase ao mesmo tempo que a bicicleta surgida do nada passa voando à esquerda de Charlotte. Isso a assusta, e ela desvia para a direita, lutando para retomar o controle, mas dá para ver que vai cair. Consigo alcançá-la com minha mão esquerda, puxando-a pela manga para ajudá-la enquanto nossas bicicletas caem entre nós.

Tudo acontece em provavelmente menos de dois segundos, e agora estou muito consciente de como a seguro com força, do quanto estamos perto, do quanto nossa respiração é pesada. Ela me encara com uma expressão congelada, assustada, e o fato de eu não ter a menor ideia do que dizer torna a coisa toda ainda mais estranha do que deveria, então eu recuo um grande passo...

... e tropeço em minha bicicleta, caindo de bunda. Solto um palavrão e então rio. Que diabos acabou de *acontecer*?

Charlotte, que também está rindo, se abaixa para me ajudar a levantar.

— O que você estava falando?

— Ok, esquece. — Levanto e me sacudo. Observo a ciclovia, mas o maldito apressadinho causador dessa confusão já desapareceu. — A cidade é perigosa para todo mundo. Espero que você não se assuste.

Ela balança a cabeça.

— Definitivamente não. Estou aprendendo a me virar. Mas talvez a gente deva mesmo decidir para onde estamos indo.

Olho para a bolsa de Charlotte, que está debaixo da Citi Bike caída.

— Qual é o segundo passo?

Charlotte acompanha meu olhar, então sacode a cabeça.

— Você não tem que...

— Vamos lá, você quer matar o tempo, eu quero... Certo, não quero matar o tempo, mas não tenho que estar em lugar algum. Então por que não?

Ela me encara por um longo tempo, e, mesmo que sua expressão pareça dizer *Você é meio esquisito*, sinto que ela entende. Ela também foi dispensada. Ela entende.

Ela se abaixa e pega a bolsa. Tira o livro, encontra a página certa. Sorri, fecha os olhos e me lança um olhar tipo *Você não vai gostar disso.*

— A Macy's fica na...?

— Na 34th — respondo.

Charlotte guarda o livro de volta na bolsa, então levanta a bicicleta.

— Bem, é para lá que estamos indo.

— Por quê?

Ela pendura a bolsa de novo e passa a perna por cima do banco da bicicleta.

— Transformações, é claro. Encontro você lá!

E agora ela está pedalando para longe, e a vejo ir embora, flocos de neve dançando ao seu redor. Uma inglesa abandonada, pedalando até a Macy's na véspera de Natal, na direção de uma transformação que um livro diz ser uma boa ideia se quiser superar o ex. Esta noite pode ficar mais aleatória?

Mas estou abaixando para pegar minha bicicleta.

Por alguma razão, estou meio curioso para descobrir.

~~1. FAÇA ALGO QUE VOCÊ PAROU DE FAZER PORQUE SEU EX NÃO GOSTAVA~~

CAPÍTULO TRÊS

CHARLOTTE

2. EXPLORE NOVAS VERSÕES DE VOCÊ

Tendo modificado ou ajustado sua personalidade para atingir as expectativas de um relacionamento por meses, ou até mesmo anos, é muito fácil perder a imagem de quem você era antes de tudo começar Mas, em vez de voltar a Quem Você Era, que tal explorar diferentes opções de Quem Você É Agora?

17H05

Sei que é vergonhosamente turista de minha parte, mas não posso evitar — a vitrine da Macy's, com sua exposição detalhada de Charlie Brown, é tão mágica que eu suspiro de verdade.

— Não está tão boa quanto a do ano passado — murmura Anthony.

— Fala sério. — Aponto para a vitrine pela qual estamos passando. Charlie está reclamando que as decorações de Natal do Snoopy são "muito comerciais". É muito doido e muito natalino! — Você não está impressionado?

— A do ano passado era melhor.

Eu me pergunto se ele está se referindo a quando estava com Maya. Eles estavam juntos ano passado? Anthony tem estado com essa expressão — lábios comprimidos, olhos semicerrados, como se estivesse tentando espantar uma dor de cabeça — desde que ancoramos nossas Citi Bikes entre a Broadway e a 33th, e só agora me passa pela cabeça que talvez ele esteja se lembrando da ex.

É outro momento em que uma distração se faz necessária, então puxo a manga de seu casaco e aponto:

— Mas *eles* parecem estar amando.

"Eles" são dois garotos e uma garota — irmãos, suponho pelas jaquetas de matelassê e pelos gorros quase-idênticos —, tocando com as mãos enluvadas o vidro, a respiração embaçando a vitrine enquanto a encaram, embasbacados. Um dos garotos, que não deve ter mais de 6 anos, se vira e olha para o casal de 30 e poucos parado, tremendo, logo atrás.

— Mamãe? — pergunta ele. — É na Macy's que o Papai Noel consegue os presentes que entrega para as crianças no mundo todo?

— Hmm, é... acho que sim, meu amor — gagueja a mãe, enquanto lança um olhar de pânico para o marido.

O menino franze a testa, parecendo desconfiado, e a mãe faz uma careta de leve, aparentemente se perguntando se esse é o dia em que a mágica vai morrer.

Mas o filho apenas dá de ombros e volta a olhar embasbacado para a vitrine.

— Então ele precisa correr e pegar todas essas coisas. Vai ser Natal daqui a pouco, sabe?!

Olho para Anthony, esperando vê-lo se desmanchar tanto quanto eu, mas, quando me vê sorrindo para ele, parece perceber que *está* sorrindo e desvia o olhar.

Não, não, não, penso. *Nada de se apegar à tristeza. Vocês estão andando juntos porque querem superar. Então, supere!*

Empurro gentilmente seu ombro com o meu, direcionando-o à porta giratória, e ele segue em frente. Mas, do lado de fora da entrada da 34th ele para, incerto sobre para onde quer ir. É quando percebo o mar de gente do lado de dentro, uma visão que faz a multidão no aeroporto mais cedo parecer calma e civilizada.

Anthony segura minha manga, me guiando em direção à porta giratória.

— Vamos lá, vamos acabar com isso.

Cerca de dezessete segundos depois, estou repensando minha abordagem para o Segundo Passo, porque logo que atravessamos a porta giratória, o caos da véspera de Natal na Macy's me atinge como um tapa na cara. As crianças estão correndo e gritando, assim como os pais, que estão correndo e gritando atrás *delas*. Na verdade, a visão me paralisa — por cerca de dois segundos, porque mais clientes estão entrando pela porta e um deles esbarra em mim. Cambaleio para a frente, e é só o raciocínio rápido de Anthony ao segurar meu braço que me salva de virar elo de um cabo de guerra por causa de um sofisticado kit de perfume!

Enquanto os "competidores" — três caras de 30 e poucos anos vestidos de forma idêntica (suéteres marrons, óculos, calças de veludo) — discutem sobre quem viu o kit de presente primeiro, me pergunto se a transformação realmente vale todo esse aborrecimento e estresse.

O kit cai no chão e se quebra, fazendo barulho, então o Trio de Suéter Marrom pula para trás, afastando-se da bagunça. Levando em conta o dominante odor cítrico que parece ter substituído o oxigênio no térreo, acho que suas namoradas, noivas ou esposas deram sorte.

Agora Anthony está me puxando em direção a um elevador, me guiando para dentro. Ele aperta o botão do oitavo andar.

— Por que o oitavo andar?

— Porque — começa ele, enquanto o elevador sobe — a Terra do Papai Noel está quase fechando a esta hora, então o oitavo andar vai ficar praticamente morto. Podemos dar uma respirada e, então, descer para o caos.

No oitavo andar, o elevador para, as portas se abrem, e vejo que Anthony estava certo. Parece bem morto aqui em cima. Há alguns velhinhos namorando utensílios para o lar, algumas mulheres se contorcendo para fora de casacos de inverno em perfeito estado a fim de experimentar novos, mas fora isso, está quieto.

No meio do andar, Papai Noel. Certo, não o verdadeiro — óbvio —, só um cara fantasiado, arrastando um trenó coberto de neve enquanto a Terra do Papai Noel fecha por hoje e pelo resto do ano. Sua expressão é super-insensível, e estou realmente surpresa que o primeiro piso não tenha sido invadido por criancinhas aturdidas, em dúvida se vão ganhar algum presente, pois Papai Noel parece muito *revoltado* esse ano.

Enquanto Anthony e eu compartilhamos um olhar divertido, um celular toca, e Papai Noel quase pula para fora do traje, se apalpando e murmurando:

— Onde está esse troço, merda?

Um dos duendes dá um passo à frente, alcançando uma bolsa pendurada em seu ombro. Tira de dentro um rolo de pergaminho falso e, então, um celular, que ele segura. Papai Noel arranca a barba branca — revelando um rosto barbeado — e olha para o duende.

— Você roubou meu celular?

O duende parece um pouco nervoso.

— Você me pediu que o guardasse para você, lembra?

— Ah, tá, como se algum dia eu fosse fazer isso.

— Você fez, George. Sua roupa não tem bolsos, e você não queria perder a ligação se fosse — ele dá uma balançadinha no telefone — você-sabe-quem... ligando.

Papai Noel deixa a barba falsa voltar ao lugar e fica segurando o celular, olhando para a tela. Ele suspira e encara o pequeno ajudante.

— É ele mesmo — resmunga ele. Então toca na tela para atender a chamada, virando de costas. — Giovanni? Ah, Gee-Gee, estou tão feliz que recebeu minhas mensagens...

Ele desaparece dentro do restaurante Au Bon Pain, e eu realmente penso *Argh, até a vida amorosa do* Papai Noel *está melhor que a minha*. Então sorrio, me perguntando o que a Mamãe Noel pensaria de ele ter um Gee-Gee.

Sacudo a cabeça e digo a mim mesma para voltar ao que fazia. Mas estive na Macy's só duas vezes, e uma das ocasiões durou apenas uns oito minutos, porque, quando subimos ao mezanino, a Sra. Lawrence viu seu antigo namorado dos tempos de escola espreitando entre as bolsas e nos fez dar o fora. Trinta anos depois, e ela estava convencida de que ele não a superara. Aparentemente, o cara tinha lhe enviado uma solicitação de amizade de um segundo perfil no Facebook, usando o nome de solteira da mãe dele. Bizarro.

Essa é uma coisa boa sobre partir para o outro lado do oceano — não preciso me preocupar em esbarrar com Colin na John Lewis. Nunca.

Só então percebo que Anthony está falando e que, na verdade, se aproximou de um mapa da Macy's dividido por cores. Ando até ele, me desculpando. Ele toca o mapa, então aponta um par de escadas-rolantes que levam ao sétimo piso. Quando pisamos na escada, me dou conta de que são feitas de *madeira* e fazem um estranho clique-claque que me deixa preocupada, imaginando a possibilidade de um desmoronamento. Mas eu gosto de como Manhattan parece estar feliz em deixar que os fantasmas do passado invadam o presente, como um velho parente teimoso em busca da certeza de que o resto da família não vai esquecê-lo. Isso me faz lembrar de casa, porque Londres também é assim. Talvez seja por isso que me encaixo tão bem aqui.

Não que isso faça alguma diferença, mas é uma sensação legal em meu último dia.

Uma vez no sétimo piso, olho ao redor em busca de algum balconista livre, mas aqui está *muito* mais movimentado que o oitavo andar. Movimentado tipo *The-Walking-Dead-vira--realidade-amanhã.*

— Todos os balconistas parecem derrotados — aviso a Anthony.

Ele assente.

— Acho que estamos por conta própria.

Andamos até a banca mais próxima e sua pirâmide de calças-jeans dobradas. Estou prestes a pegar uma, quando vejo a etiqueta. Cento e sessenta e cinco dólares? Talvez eu devesse ter lido melhor sobre o Segundo Passo; não imaginei que seria tão caro.

— Não esquenta.

Olho para Anthony. Um sorriso está lutando para se espalhar em seu rosto. Ele provavelmente seria bonito se sorrisse mais. Como ele não sorriu muito, não tenho certeza.

— São cento e sessenta e cinco dólares! Por uma calça *jeans*!

— Não esquenta com isso — repete ele.

Coloco a mão em minha bolsa, tiro *Dez passos fáceis*... e folheio.

— O que você está fazendo? — pergunta ele.

Paro no Segundo Passo.

— Procurando a passagem que diz "roubar é completamente legal e aceitável". Não, não vejo *isso* no livro!

Agora ele sorri, e eu estava certa: ele fica mais bonito quando está relaxado.

— Não foi isso que eu quis dizer. Tenho um cartão de crédito da Macy's. Podemos escolher qualquer coisa, usamos hoje, então devolvo depois do Natal. Transformação grátis.

Comprar roupas para um dia só — poucas horas — não é de meu feitio, mas não posso fingir que vestir algo caro sem pagar não é empolgante. Estou prestes a assentir, dizer tudo bem, quando outro pensamento me faz encolher.

— Este lugar *deve* ter, tipo, a política de devolução mais rigorosa do mundo. E está frio e nevando. Não vamos conseguir deixar isso em condições de devolver.

Ele revira os olhos para mim.

— Pare de ser tão inglesa, ok? Nova-iorquinos não ligam para regras. Você vai precisar aprender isso, se quer ser um de nós. — Ele passa por mim, de volta à escada rolante. — Agora vou descer até o quinto andar para escolher alguma coisa. Encontro você lá em dez minutos?

Mas outra coisa no livro chama minha atenção, e eu me viro e ando até ele, afastando-o da escada rolante.

— Não, *eu* vou para o quinto andar.

— Por quê?

— Porque — mostro a ele o Segundo Passo, apontando para o texto em questão — "deixar um amigo escolher suas roupas é um exercício saudável para saber como as pessoas realmente o veem". Além disso, se tiver que escolher minhas próprias coisas, eu vou ficar aqui até a Páscoa. Vai ser muito mais rápido se fizer isso por mim.

Ele dá um passo em minha direção e, por um segundo, acho que vai segurar minha mão e me afastar da escada rolante.

— Ah, não, essa é uma péssima ideia — argumenta. — Olhe só para mim. Não tenho a menor noção de moda.

Tento não olhar para a camisa xadrez amarela e creme que realmente não combina com a jaqueta cargo marrom, tentando não demonstrar que... meio que concordo com ele.

— Vai ser fácil — asseguro. — Só escolha algo que você acha que gostaria de me ver vestindo.

Ai, isso não soou como eu imaginava. *Estou ficando vermelha? Sinto que estou.* Eu me viro rapidamente e começo a descer a escada rolante, dizendo que vou fazer o mesmo por ele.

É, definitivamente estou ficando vermelha.

*

17H25

Estou me sentindo muito confiante com minha escolha de figurino quando vejo Anthony descendo a escada rolante até o quinto piso. Ele não parece nem um pouco confiante. Está segurando um bolo de roupas junto ao peito, como se fosse um recém-nascido que ele tem medo de deixar cair.

— Você está pronta para isso?

— Falando desse jeito parece que você está me vendendo drogas — brinco.

Um sorriso cruza seu rosto, e seus olhos se iluminam. Ele finge procurar por policiais.

— Tô com as suas paradas aqui, garota, mas é melhor você dar o fora antes dos canas te verem.

Olho para o chão, então ele não vê o sorriso bobo em meu rosto. Aí nós trocamos as peças do jeito menos furtivo possível, e nós dois rimos. Queria ser melhor no improviso porque, se eu fosse, podia manter esse teatrinho funcionando.

Mas *não* sou boa no improviso. Eu sempre tirava 7,5 em Teatro.

Placas nos indicam provadores em direções opostas do andar.

— Te encontro de novo aqui?

Ele assente.

— Com certeza.

Trocamos um último olhar, como se estivéssemos prestes a pular de um precipício ou algo assim. Olhar um para o outro só deixa a situação esquisita, então me viro e caminho para os provadores femininos antes que eu possa pensar demais sobre como estamos fazendo algo ridículo.

Só depois que estou na cabine e observo a seleção de Anthony é que vejo de verdade as peças escolhidas. Calça jeans preta, levemente rasgada; uma camiseta preta com estampa de caveira; um lenço índigo; uma jaqueta de couro preta.

Em quem ele está tentando me transformar, Jessica Jones?

Mas, pelo menos, ele parece pensar em meu conforto, em vez de no que vai me deixar "gostosa"... como Colin julgava basicamente tudo o que eu vestia. Mas até o momento, sou apenas a amiga de um-dia-só de Anthony, e não seremos vistos juntos em nenhum momento. Não vou ser, nunca, parte de qualquer fachada que ele queira manter.

Minha transformação é sobre *mim*, não sobre Anthony *e* eu.

A sensação é boa.

Dois minutos depois, já vesti o jeans e a camiseta, e me olho no espelho. O jeans é justo e precisa ceder, mas preciso admitir, veste bem. A caveira na camiseta preta parece travar uma batalha intensa com o próprio reflexo; somada ao meu cabelo preto, estou surpresa por não parecer tão gótica. Completo o visual com o lenço e a jaqueta, esperando ver uma ridícula Charlotte Bizarra me encarando do espelho.

Mas não a encontro. Eu pareço... bem, acho. Pareço durona, mas serena. Não é um "durona" do tipo "garota que se mete em brigas", ou coisa assim — está mais para o tipo de garota que não *precisa* se meter em brigas, porque fica claro que ela não tolera gente sem noção.

Gosto dela. Estou me perguntando o que em mim fez com que Anthony escolhesse esse visual, e, por algum motivo, penso no livro *Dez passos fáceis*. Como se ele talvez tivesse uma resposta. Há algo me irritando, algo que chamou minha atenção quando eu estava no táxi, folheando o livro pela primeira vez... Tiro o exemplar da bolsa e vou até o sumário. Meu olho imediatamente pula para o Nono Passo.

9. SE VEJA COMO ALGUÉM TE VÊ

Espelhos mentem com frequência — e os espelhos de nossa mente equivalem a espelhos de parques de diversão, feitos de vidro mágico e fáceis de alterar sempre que quisermos nos colocar para baixo. É pelos olhos dos outros que vemos as partes de nós mesmos que algumas vezes ignoramos intencionalmente...

Não sei se isso conta como cumprir o Nono Passo, mas vamos ver o que acontece — se eu consegui ficar confortável nestas roupas, então talvez Anthony também esteja fazendo progresso!

Enfio minhas roupas velhas na bolsa, saio da cabine e encontro Anthony no meio do andar. Está vestindo o traje que escolhi: calça xadrez elegante e um pulôver — *suéter* — azul-marinho. Ele parece constrangido; os ombros estão, como minha amiga Amelia diria, "cavados" — caídos e encurvados ao mesmo tempo. Ele carrega a mochila vermelha em uma das mãos, balançando entre as pernas.

— Você ficou legal — elogio. E falo a verdade. Ele está; tirando o negócio do cavado.

— Isso não parece muito *eu*.

Reviro os olhos.

— Você sabe o que "transformação" significa, né? Significa tentar alguma coisa diferente.

— Você tem certeza de que não pareço um total idiota? — pergunta, levantando a mão para coçar a parte de trás da cabeça. Sei que é um tique nervoso, eu o vi fazer isso várias vezes, e estou surpresa por ter percebido. Em geral demoro anos para notar "coisas" em meus amigos.

— Ah, para! — exclamo, dando um tapinha brincalhão em seu ombro e o virando, então nós dois encaramos um espelho de corpo inteiro na pilastra. Paramos lado a lado enquanto conferimos nosso reflexo. — Você ficou bem.

E eu também. Percebo que nossas escolhas um para o outro são muito diferentes. Eu pareço durona e forte; ele, elegante.

Estamos fazendo contato visual pelo espelho, olhando um ao outro, mas, ao mesmo tempo, *não* estamos. De alguma forma é mais intenso que o contato visual de verdade — como se o espelho fosse uma terceira pessoa na conversa, segurando nossos olhares com suas mãos, ameaçando soltar a qualquer momento.

— Você só precisa vestir isso pensando que esse *é* você — argumento, colocando uma das mãos em seu ombro para descavá-lo, a outra na base de suas costas. — Confiança sustenta qualquer look.

As pontas de meus dedos roçam no cós de suas calças, e congelo, agradecendo por não o ver me olhando no espelho, feliz por meu cabelo cobrir o rosto, porque tenho *certeza* de que voltei a ficar vermelha.

Só é esquisito se você deixar que seja, digo a mim mesma. *É uma transformação — tocar nas roupas é um risco ocupacional.*

Percebo que, enquanto estive tendo meu pequeno surto sobre ser ou não ok tocar em Anthony, na verdade, não parei de tocá-lo. Então eu junto as duas mãos e esfrego um amassado que não existe na parte de trás do suéter.

Nada de mais. Totalmente normal.

Eu me atrevo a olhar o espelho. Ele não está me observando — está encarando o Mais Novo Ele, o rosto menos incerto agora. *Ufa! Talvez ele não tenha reparado.*

Anthony dá meia-volta, conferindo de outros ângulos. Quando dobra as mangas, vislumbro algo no antebraço esquerdo; a princípio, acho que é uma cicatriz de queimadura.

— O que é isso?

Mas Anthony já mudou de ideia e está desdobrando a manga.

— Nada, nada.

Eu toco seu peito, segurando seu pulso.

— É uma tatuagem? Posso ver?

Nós estamos nos encarando — de verdade — e, quando vejo seus olhos arregalados em pânico, eu percebo.

— Tá bem — suspira. Ele vai enrolando a manga enquanto resmunga o quanto é idiota, mas palavras são desnecessárias. Sei o que ele vai me mostrar, e quero dizer que tudo bem, não precisa mais; porém mal consigo fazer isso agora, depois de meu showzinho pedindo para ver.

Maya está escrito em uma fonte extravagante em seu braço.

— É sua *pele* de verdade! — Não pretendia parecer tão chocada, mas não consigo evitar. Se ele tatuou o nome da ex no corpo, então é claro que o relacionamento era mais sério que o meu com Colin! Jamais cometeria o erro de marcar meu corpo como um gesto romântico. Eu *acho*.

— Foi só uma decisão burra — explica.

— Sua ou dela? — A pergunta escapa de meus lábios antes que eu possa me conter. Estou prestes a pedir desculpas, dizer que foi muito maldoso, mas, se fizer isso, estarei mentindo. Então eu só deixo pairar no ar, embora Anthony desvie o olhar, todo acanhado e envergonhado. Eis o que digo: — Ela ao menos fez uma tatuagem com seu nome?

— Ela disse que ia fazer... quando voltasse.

Estico o braço e desenrolo a manga. Abotoo o punho e me impeço de pegar em sua mão, optando, em vez disso, por um soco amigável no braço.

— Certo, então — digo. — Não acho que terminamos o Segundo Passo. Ainda temos um pouco mais de transformação a fazer. Qual é o estúdio de tatuagem onde você fez isso?

Antes que ele possa responder, o que soa como a Voz de Deus — mas, na verdade, é só o gerente, penso eu — anuncia que a Macy's está fechando em... Bem, não escuto quantos minutos ainda faltam, porque os clientes no andar reagem como se o time tivesse perdido o Super Series (acho que é uma coisa importante por aqui). Um gemido de incômodo, uma arfada de pânico... e mais que alguns palavrões.

Anthony precisa quase gritar para ser ouvido por cima do pandemônio.

— Vamos pagar e dar o fora daqui antes que a gente morra pisoteado.

Concordo e me dirijo aos provadores, mas Anthony me puxa pelo colarinho. Antes que eu entenda o que está acontecendo, ele arranca a etiqueta da jaqueta de couro.

Solto um grito ao som do puxão, ainda que ele tenha machucado a jaqueta, não a mim.

— O que está fazendo?

— Economizando tempo — responde ele. — Vamos sair vestindo as roupas.

A etiqueta da calça está pendurada no cós; ele se estica para arrancar, então congela, seus dedos a centímetros de distância de minha coxa...

Ele olha para mim.

— Pode tirar essa?

Faço um esforço para não desviar, para sustentar seu olhar. Porém, não posso fazer nada quanto a ficar vermelha.

— É, é, deixe comigo, deixe comigo. Sem problemas, deixe comigo.

Ou, ao que parece, não posso fazer nada quanto a falar coisas sem sentido.

Cinco minutos depois, estamos na boca do caixa, entregando várias etiquetas ao balconista. As roupas que vestia quando entrei na loja ainda estão na bolsa, enquanto Anthony enfiou as suas dentro da mochila, e, quando chegamos ao caixa, eu sinto, só por um momento, que estou deixando Colin de lado.

É uma pena que não possa realmente espremê-lo dentro de minha bolsa.

Anthony paga no cartão de crédito, e nós deixamos a Macy's, saindo pela 34th. Sim, a jaqueta de couro é tudo de que preciso nesta temperatura. Bom trabalho, Anthony — não foi capaz de perceber que a namorada a distância o traía, mas mandou bem aqui.

— Venha — indica ele, seguindo a leste pela West 34th.

Eu sigo.

— Aonde estamos indo?

— East Village.

*

18H10

Pegamos a linha N para a Eighth Street-NYU, e Anthony me leva ao St. Mark's Place, mas não estou prestando realmente atenção, porque, quando o trem passa pela Union Square e meu celular apita, cometo o erro de olhar. Havia mais notificações do Instagram em minha tela de bloqueio, comentários que não tinha percebido enquanto estávamos na Macy's. Minha foto mais recente — uma selfie triste com algumas meninas da Sacred Heart, no último dia do semestre, quando minha tristeza provavelmente não era tão de mentirinha quanto a delas — estava cheia de solidariedade de amigos por causa do voo perdido, e eu estava gostando da sensação de ser mais popular do que fui a vida toda...

Então percebi que eram quase seis horas.

A essa hora, eu deveria estar embarcando em um avião que *deveria* estar se preparando para decolar. Agora, eu *deveria* estar só a alguns minutos de olhar pela janela e ver a cidade de Nova York ficando para trás.

Mas não é isso que está acontecendo.

— É por aqui. — A voz de Anthony me devolve ao presente frio e solitário, e ele me guia por uma rua, ao que parece, exclusiva para estúdios de tatuagem. Agora que cheguei aqui, me sinto menos convencida do grande final da transformação de Anthony. Posso parecer um pouco mais durona do que realmente sou, mas suspeito de que meu disfarce vai desaparecer quando eu desmaiar ao ver uma agulha!

Fico cada vez mais apreensiva à medida que vejo as placas de lugares como Addiction Tattoo (*por favor, esse não*) e Whatever Tattoo (*quem vai a um estúdio de tatuagem chamado "tanto faz"?*). Eu me sinto aliviada quando Anthony me leva a um lugar chamado Love Ink — o jogo de palavras é um clichê, mas ao menos não parece que vou pegar hepatite só de entrar nesse estúdio.

— Sabe, você não *precisa* fazer isso — digo a ele. — Eu me deixei levar.

Ele me olha.

— Quero fazer isso.

Acredito nele, então deixo que me leve até o estúdio. Entramos, e, assim como aconteceu na Macy's, sou atingida pela atmosfera do outro lado da porta; mas desta vez não é pelo barulho de milhares de clientes ou mais...

É pelo fedor de maconha.

Tusso e cubro o rosto com a mão ao deixar a porta se fechar atrás de mim. Observo o estúdio, menos sombrio do que eu imaginava. É limpo, embora as três cadeiras reclináveis pretas pareçam um pouco com mobiliário de dentista gótico; e estranhei um pouco os torsos artísticos na parede. Mas preciso admitir: meio que entendo toda essa coisa do coração sangrento agora. Então começo a me preocupar que, talvez, tenha levado minha História a um subenredo assustador, com Anthony e eu fugindo de um tatuador psicótico determinado a desenhar imagens satânicas em nossas costas.

Não há clientes — só um garoto no balcão, olhando para um laptop. Seus antebraços magrelos e tatuados estão cruzados acima do peito (não dá para dizer se as imagens são satânicas ou não). A tela do laptop está de costas para mim, mas reconheço o diálogo de *A felicidade não se compra* em qualquer lugar.

Anthony pigarreia, e o tatuador levanta a cabeça, estreitando os olhos, como se tentasse nos encontrar no escuro. Depois de um segundo, ele volta a olhar para a tela.

Anthony balança a cabeça.

— A gente não é uma alucinação, cara.

O tatuador se afasta do balcão e se levanta, um pouco cambaleante, tentando parecer sóbrio.

— O que posso fazer por vocês?

Anthony enrola a manga, revelando a tatuagem de MAYA.

— Quero cobrir isso.

O tatuador dá uma olhada, se inclinando por cima do balcão.

— Mas cara... essa é *tão* boa.

— É um bom trabalho — concorda Anthony. — Mas, mesmo assim, quero cobrir.

— Essa é da Philomena, né? — O tatuador está literalmente coçando o queixo, como um esnobe pomposo em uma galeria de arte. — Dá para identificar pela voltinha no *y*, como se a letra estivesse tentando, na verdade, comer ela mesma. Tão profundo, cara... ela vai me matar se eu profanar uma de suas tatuagens.

Anthony olha para mim e revira os olhos, então dou um passo à frente e me dirijo ao tatuador do mesmo jeito que às vezes preciso falar com minha amiga Heather quando ela passa dos limites (o que acontece muitas vezes).

— Meu amigo não está dizendo que acha a tatuagem ruim — explico. — Philomena é uma artista. A tatuagem é ótima, mas — aponto para o nome de Maya — ela não é.

Ele assente, lançando a Anthony um olhar de simpatia.

— Deixe comigo, cara.

— Você consegue resolver, então? — pergunta Anthony. — Você não tem que, tipo, tatuar por cima da arte original...

— Relaxe, relaxe. — O cara pega Anthony pelo braço e o leva até uma das cadeiras. Enquanto Anthony se senta, o rapaz olha para mim. — Sei como é, garota nova, você quer fazer de conta que o passado nunca aconteceu. Um *reboot* romântico!

Ele ri por quase um minuto, e só agora me pergunto se Anthony deveria mesmo se tatuar com um cara que fumou mais erva do que a que tinha na pizza do John's.

— Não estamos juntos — esclarece Anthony. Com um pouco de firmeza. — Só quero me livrar desta tatuagem. O que podemos fazer?

O cara coça o queixo de novo.

— Você gosta de sereias?

*

18H45

A tatuagem de Anthony está quase finalizada. Ele não olha para o que o tatuador — que descobrimos se chamar Joe — faz em seu braço. Em vez disso, está olhando para mim, e me esforço para não parecer horrorizada. Joe fez o melhor que pode — e em um ritmo surpreendente para um cara chapadíssimo —, mas o rabo de sereia desenhado a partir do nome de Maya é largo e sem forma, e sua tentativa de escamas lembra mais estrelas. Ele desenhou os braços de um jeito que, supostamente, invocaria graciosidade e fluidez, mas, na verdade, as mãos da criatura parecem um emoji de tchauzinho. E o rosto... vamos apenas dizer que ela está com cara de quem foi eletrocutada. Essa deve ter sido a primeira sereia de Joe.

Mas foi ideia *dele*!

Cerca de cinco minutos depois, Anthony me pergunta, entredentes:

— Como está ficando?

Aceno veementemente no lugar de usar palavras, porque não confio em minha voz para disfarçar o choque. Eu meio que esperava que Joe estivesse progredindo com o desenho — que, no finalzinho, tudo iria se juntar em algo maravilhoso, que me surpreenderia. Mas não. Foi horrível do início ao fim. E quando me dei conta de que ia continuar horrível, era tarde demais.

Talvez, daqui a alguns meses, Anthony possa ir a outro estúdio de tatuagem e cobrir a coisa toda em preto. Um retângulo preto perfeito. Talvez com uma maçaneta, indicando que ele *fechou a porta* para ela? Que tal?!

— Certo, aí está, cara. — Joe coloca a agulha na mesinha de aço inoxidável ao lado (com um cuidado admirável para alguém que ainda parece achar que tudo isso é um sonho), então se inclina para trás na cadeira, admirando o próprio trabalho. — Posso falar? Ficou muito, muito legal.

Anthony se senta. Estou tentando com toda força não me encolher e sorrir da forma mais encorajadora que posso, mas sinto pelos músculos rijos das bochechas que, no máximo, estou lançando a ele um sorriso amarelo.

Ele estremece e olha para baixo. Absorve a sereia eletrocutada aplaudindo em linguagem de sinais. Levanta o braço na altura do rosto, os lábios contraídos, e, por instinto, olho para as ferramentas de Joe, torcendo para que Anthony não as alcance. Estou preparada para vê-lo perdendo o controle, entrando no modo Brooklyn de ser — seja lá o que isso signifique, não sei —, quem sabe ele mesmo pegando a agulha e tatuando Joe em vingança. Mas nada acontece. Em vez disso, ele se senta tranquilamente enquanto Joe enfaixa seu braço, depois paga o valor da tatuagem, agradece e me leva para fora do estúdio e de volta à St. Mark's.

Ele não *gostou* da tatuagem, gostou?

*

Cinco minutos depois, entramos em uma lanchonete um pouco mais à frente na St. Mark's. Passamos por pelo menos mais uns cinco estúdios de tatuagem no caminho, e, a cada um, eu me perguntava se Anthony estava pensando o mesmo que eu — que talvez devêssemos ter ido a outro lugar para des-Mayasar seu braço.

Agora, estamos sentados frente a frente, um prato de batata frita com queijo entre nós. Não achei que fosse ficar com tanta fome logo depois da pizza, mas as batatas parecem *maravilhosas*. Talvez inalar toda aquela fumaça de maconha tenha me dado larica. Olho o braço de Anthony e preciso perguntar, porque não aguento mais.

— Você está... bem com isso?

Anthony observa o curativo. A abominação escondida ali embaixo parece brilhar através da gaze.

Ele dá de ombros.

— É só meu braço — diz, antes de engolir uma batata frita.

Eu o encaro, tentando descobrir se está brincando. Mas ele não pode estar brincando; ele parece supersério...

... mas então me lembro de uma das coisas que aprendi sobre os americanos em meu semestre aqui — que, apesar de alguns ingleses insistirem no contrário, eles *são* capazes de fazer piadas ácidas, irônicas e sarcásticas. A noção de que não são é tão errada quanto o estereótipo de que nós, ingleses, "não demonstramos emoções". Se isso *fosse* verdade, eu não teria chorado tanto quando Colin disse que "não conseguia", e com certeza não estaria com a cara enfiada na mesa, literalmente gargalhando, como agora.

Em pouco tempo eu já tinha rido tanto que me sinto prestes a vomitar. Olho para Anthony, enxugando as lágrimas.

— Sinto muito, eu não devia ter arrastado você até...

— Não se preocupe... — corta ele, desdobrando a manga, rindo e balançando a cabeça, acho que para si mesmo. — Quero dizer, independentemente de como tivesse sido a cobertura, é algo com o qual eu teria que conviver. Não *desapareceu*. Só está... escondida. — Então ele fica em silêncio, o sorriso se desfazendo. — Meio que combina.

— O quê?

— Isso... o nome, a marca sempre vai estar aqui. Tipo, agora não dá mais para ver, é óbvio, mas a cicatriz em minha pele não *saiu*.

— Não existe remoção a laser para o amor.

Sem sorriso amarelo agora; dessa vez, me encolho toda, porque isso é uma droga completa.

Mas Anthony não está revirando os olhos ou zombando de mim. Pelo contrário, está concordando.

— Exato. Posso fingir que não está aqui, mas está. Assim como posso fazer de conta que nunca estive com Maya, mas estive.

— Ou — digo — você pode torcer para bater a cabeça bem feio um dia. E aí perder a memória e esquecer tudo isso.

Ele apenas sorri para mim.

— Se eu ainda jogasse futebol americano, talvez conseguisse fazer isso. Mas desisti no segundo ano. — Então ele abaixa o olhar para a mesa, e quase não escuto o que vem depois: — Meu pai *realmente* aprovou essa decisão.

Ele volta a me encarar, tão de repente que começo:

— O que você quer fazer depois daqui?

Apenas olho para ele sem expressão — honestamente, estou começando a ficar um pouco cansada. Mas ele tem algo no olhar, uma ânsia que não tinha visto até agora.

Estou completamente sem ideias, exceto por uma: tiro a bolsa de baixo da mesa.

— Talvez a gente deva dar uma olhada no Terceiro Passo?

Quando vejo o que é o Terceiro Passo, franzo a testa. Esse não vai ser nada fácil...

~~**2. EXPLORE NOVOS VOCÊ**~~

CAPÍTULO QUATRO

ANTHONY

3. RETOME CONTATO COM UM VELHO AMIGO

Nenhum de nós gosta de admitir, mas a primeira coisa que muda quando saímos de Solteiros para Comprometidos é que perdemos contatos com antigos amigos. Mas, ao deixar que se afastem, não estaríamos deixando que partes de nós mesmos — nossa versão original e verdadeira — se percam também? Algumas vezes, para criar uma versão nova e melhor de Você, primeiro é necessário relembrar o que amava no Antigo Você.

19H

Charlotte vira o livro para que eu possa ver a página.

O título do terceiro capítulo diz “Retome contato com um velho amigo”. Leio um pedaço do texto que explica como “antigos amigos” são uma boa forma de relembrar seu “antigo você” — suponho que esse “antigo você” seja sua versão pré-relacionamento — antes que Charlotte guarde o exemplar.

— Bem, isso é uma merda — digo. — Acho que todos os seus antigos amigos estão na Inglaterra.

Charlotte assente.

— E lá já é meia-noite, então sem chance de chamadas pelo Skype. Claro, se eu tivesse qualquer um de meus velhos amigos no Skype, eles não seriam velhos amigos... seriam novos amigos. Ok, não novos, mas... atuais, sabe?

Então ela faz essa coisinha fofa que percebi em todas as vezes que divagou esta noite. Ela se dá conta do que está fazendo, fecha os olhos, franze o nariz, como se estivesse se ordenando a não divagar. Quero dizer para ela não se preocupar — gosto de suas divagações. Tudo o que Maya dizia era planejado, ensaiado de certa forma. Isso aqui parece mais honesto. Então digo a mim mesmo que, depois do que aconteceu hoje, provavelmente é uma boa ideia que eu fique no banco de reservas por um tempo. Ela está voltando para a Inglaterra, de qualquer forma, então não é como se algo pudesse mesmo acontecer...

— Mas *você* pode procurar um velho amigo — sugere ela, enfiando o livro de volta na bolsa.

Ela nem se preocupa — *nós* não nos preocupamos — em ler o capítulo inteiro, a explicação para retomar o contato com os velhos amigos; assim como não lemos o porquê de fazer algo que paramos de fazer, ou por qual motivo uma transformação seria boa para nós.

Não estou tão interessado assim em entrar em contato com algum de *meus* velhos amigos, mas Charlotte me encara de um jeito quase esperançoso, e ainda estou a fim de fazer qualquer coisa que me mantenha longe de casa — e, por algum motivo, estou sentindo que não quero decepcioná-la, de verdade. Então pego meu celular e a alerto:

— Você quem pediu. Acho que serão um tipo totalmente diferente de americano... você não está acostumada.

— Desde que não sejam hipsters, tenho certeza de que nos daremos bem.

Dou de ombros.

— Até onde sei, eles podem ser hipsters agora. *Velhos* amigos, lembra?

Olho para meu celular e seleciono o ícone do WhatsApp no canto superior direito da tela, ignorando o selinho em cima do ícone do Snapchat que me avisa de sete notificações. Realmente preciso mudar as configurações para *não ser* mais avisado a cada coisinha que Maya faz; o que não era ok nem quando *estávamos* juntos. Abro o WhatsApp, onde há um grupo de minha turma de veteranos. Ninguém manda nada desde o fim do verão. Provavelmente estão todos envolvidos com a faculdade, então ninguém confere mais, mas Charlotte não precisa saber disso. Ela só precisa saber que tentei. Envio uma mensagem de duas linhas sobre estar na cidade, perguntando se tem alguém por aqui. Fecho o aplicativo e encaro minha tela inicial por um segundo, me forçando a não entrar no Snapchat; mesmo que agora o selinho vermelho marque "8"... e que seja tentador descobrir que oito coisas dignas de nota possivelmente aconteceram com Maya nos últimos 45 minutos, mais ou menos.

Enfio o celular no bolso da calça e encaro Charlotte.

— Quer dar o fora daqui?

*

Dez minutos depois, estamos passando pelo arco da Washington Square, caminhando só por caminhar, os dois sem saber quem está guiando quem. Acho que sou eu, já que moro aqui.

A Bleecker estava estranhamente morta mais cedo, mas essa parte da cidade não. Turistas estão reunidos no arco, e moradores abrem caminho entre eles com as mãos nos bolsos, cabisbaixos e de ombros curvados contra a neve que se acumula nas calçadas. Ao contrário de mim, algumas pessoas só *querem* chegar em casa esta noite.

Charlotte para, observa o arco. Eu espero de verdade verdadeira que não me peça para tirar uma foto ou, pior ainda, uma selfie — mas ela não parece o tipo de garota que gosta de selfies. Aprecio isso.

— Uma moeda por seus pensamentos — digo, porque realmente não consigo pensar em nada além disso.

Ela sorri para mim.

— Vocês não deveriam dizer "um centavo por seus pensamentos"?

Faço uma careta.

— É, porque isso soa *tão* bem.

Ela volta a olhar o arco, ainda sorrindo, pensativa.

— Um centavo por seus... seus sentimentos... de... Não, você está certo. Moeda é melhor. — Seu sorriso aumenta. — Só estava observando as pessoas.

— Você gosta de fazer isso?

Ela assente.

— Por quê? É estranho?

— Sou meio assim também — respondo, dando de ombros. — O que chamou sua atenção?

Ela dá de ombros de volta.

— Nada em especial. Só... todas essas pessoas que *planejaram* um Natal na cidade. A maioria provavelmente mora aqui, mas alguns devem estar longe de casa, certo? Mas acho que, desde que estejam com as pessoas que conhecem e amam, eles não se *sentem* longe de casa. Entende o que quero dizer?

Olho para meus pés.

— Nunca saí de Nova York.

— Sério? — Ela ri. Faço uma expressão que diz *Eu sei, não é horrível?* — Bem — continua ela —, estou começando a achar que foi justamente não conhecer ninguém aqui que me fez sentir a distância mais que a distância propriamente dita. Nem sei se isso está fazendo sentido — meio que está, meio que não está —, mas me deixou pensando na ideia de "casa". Todo o tempo que passei aqui, estudando, disse a mim mesma que estava transformando Nova York em lar só por estar aqui... que seria a mesma coisa quando... *se* eu voltasse para estudar em Columbia. Mas agora percebo que estava errada, ao menos um pouco. Sem minha família de acolhimento e sua casa como base, todo mundo é desconhecido.

— Ano que vem tem faculdade — digo a ela. — Essa é uma base muito boa. E as pessoas no campus não permanecem desconhecidas por muito tempo.

Ela faz que sim, ajusta a bolsa no ombro, então cruza os braços sobre o peito. Fica em silêncio por um longo tempo, mas não o tipo de silêncio de pessoas sem nada a dizer. Ela está em silêncio porque está pensando.

E sinto que é muito importante não a interromper.

— Acho que é só irritante — diz ela para a calçada — ter essa ideia na cabeça de que será um semestre maravilhoso, e de que vai se encontrar de verdade... Responder todas as perguntas que tem sobre quem você será no futuro, do que é capaz... e, quando chega a hora e precisa decidir o que fazer, você começa a sentir que só quer voltar para casa. E sabe o que é pior? Estou começando a ficar com raiva de minha família porque *eu* estou com saudades. Não é doido?

— Ah, totalmente — respondo, quando um casal de velhinhos passa por nós, de braços dados. Eu me odeio por imaginar se esse é o último Natal que passam juntos. — Mas quer saber? Nossa casa é nossa casa. O lar sempre vai ser "de onde a gente veio", você não pode mudar isso. Mas está pensando nele como um espaço físico, um lugar onde nossa vida sempre *começa*. Talvez a questão seja pensar nele como um espaço emocional, onde tudo *começou*. A vida é uma jornada, mas você faz parecer que está se preparando para correr em círculos na mesma pista, quando deveria estar... não sei, correndo uma maratona.

Ela não olha mais a calçada. Está olhando para mim, com uma expressão indecifrável. Seus olhos e lábios estreitos suavizam um pouco as covinhas na bochecha.

— Você acha que é melhor seguir em frente? — pergunta Charlotte.

Estalo meus dedos, aponto para ela, de repente querendo mudar para um assunto mais leve.

— É isso. Seguir em frente. Obrigada por traduzir o que estou tentando dizer há um tempão em uma única frase.

Ela sorri e olha para o parque atrás do arco. Pensa no assunto.

— Enfim — digo —, quanto ao Terceiro Passo. Você realmente não conhece ninguém em Nova York? Além de mim, claro. Você não passou o semestre inteiro estudando aqui? Com certeza fez alguns amigos.

— Ah, sim, fiz... — Ela coloca as mãos nos bolsos, contrai os ombros por causa do frio, troca o peso de um pé para o outro. — Bem, não são *amigos* amigos, mas tinha umas meninas com quem eu costumava sentar para almoçar e tal.

Eu me inclino, encontro seu olhar.

— E vamos ver se eu adivinho: Colin apareceu e as coisas mudaram? — Ela assente. — Bem, acho que essas meninas do almoço contam como amigas honorárias nesse caso. São o mais perto que você tem disso aqui.

— Você acha que devo mandar mensagem para elas?

Acho que ela realmente deveria. Porque suas novas velhas amigas têm que ser uma opção melhor a qualquer um de meu último ano que talvez responda aquela mensagem patética.

Mas tento não parecer muito desesperado quando digo:

— Por que não?

Ela dá de ombros, pega o celular e manda uma mensagem para um grupo no WhatsApp. Depois recoloca o celular no bolso interno da jaqueta, se vira e me olha, e nos encaramos de um jeito esquisito porque, pela primeira vez nas três horas ou mais desde que nos conhecemos, não temos nada mais a dizer.

Eu deveria estar acostumado, porque acontecia com Maya — bastante. E só agora me dou conta de que talvez não fôssemos feitos um para o outro.

Ou talvez eu só seja péssimo em puxar assunto com garotas.

Mas não estou entrando em pânico com Charlotte como acontecia com Maya. O silêncio é meio esquisito, mas não parece importar — ela partirá em breve e provavelmente vai me esquecer assim que terminar a primeira xícara de chá ao chegar em casa.

Quando ela diz "então...", sei que está se sentindo tão esquisita quanto eu, e A Coisa a dizer meio que me ocorre.

— O que *você* quer fazer? — Ela me olha, como se não tivesse entendido a pergunta. — Quero dizer, a gente devia fazer alguma coisa. Qualquer coisa. Essas são suas últimas horas na cidade. Não podemos só ficar aqui, esperando nosso celular vibrar.

(Se e quando meu telefone vibrar, não vai ser quem eu quero, de qualquer forma).

Ela encara a calçada, seu sorriso voltando a destacar as covinhas da bochecha. Por que eu reparo nisso o tempo todo?

— Hmm, acho que *tem* alguma coisa... — Ela parece nervosa por perguntar. *Ah, cara, ela vai me pedir para levá-la ao Empire State Building. Sabia!* — Mas é meio idiota.

Ela me olha, meio envergonhada, meio me provocando. O que quer que seja, não vai ser bom.

— É típico e óbvio e tudo mais, mas... não sei, este pode ser meu último dia aqui, então *seria* meio divertido.

*

Quando me dou conta, estou na estação West Fourth Street-Washington Square, a caminho de, entre todos os lugares possíveis, o Empire State Building. Charlotte está seguindo para as escadas, mas eu consigo puxá-la de volta pela manga. Aponto para o IFC do outro lado da rua.

— E se a gente pegar um cineminha? — pergunto, ouvindo o desespero em minha voz.

Ela se vira, me dá aquele sorriso de quem não vai comprar a ideia.

— Eu sou a visita. Você deveria *querer* me mostrar sua cidade.

— Você não entende. Na véspera de Natal, todo mundo tem a mesma ideia idiota de dar o beijo perfeito no topo do Empire State Building, sob a neve. — Posso ou não estar falando sobre os planos que eu tinha para hoje à noite, antes do Incidente no Aeroporto. — A gente vai esperar na fila até o Ano Novo.

Damos um passinho de lado a fim de abrir espaço para um casal de meia-idade saindo da estação. Os dois estão combinando em *trench coats* bege e andam lado a lado — com passos sincronizados e em silêncio, o tipo de casal que se ama há tanto tempo que provavelmente cansou de demonstrações públicas de afeto.

— Fiquei aqui por quase quatro meses — diz Charlotte — e passei a maior parte do tempo dentro de uma sala de aula ou da casa dos Lawrence, estudando. Não vi a Estátua da Liberdade, o Rockefeller Center ou a ONU. Preciso pelo menos cortar algo patético e óbvio de minha lista, não?

Não tenho como argumentar, mas também não posso fingir que estou empolgado com a ideia — na verdade, estou sacando meu celular na esperança de que algum colega de escola aleatório e esquecido tenha respondido meu WhatsApp.

Mas minha tela de bloqueio não mostra notificações. Só minha imagem de fundo — a selfie que Maya me fez tirar no dia que partiu para a faculdade. Estou beijando sua bochecha, e ela, olhando para longe da câmera, como se algo — *alguém* — tivesse chamado sua atenção. Claro que sim.

— Não é como se você tivesse alguma coisa melhor para fazer — diz Charlotte. O tom é de provocação, mas, por um momento, me lembra do tom condescendente usado por Maya algumas vezes, a Maya que aparentemente não foi capaz de me dar atenção exclusiva nem quando eu lhe dava um beijo de despedida, e posso ouvir em minha própria mente como estou me apegando a Charlotte mais que deveria.

— É véspera de Natal. Ninguém está conferindo o celular de cinco em cinco minutos.

Ela suspira, como se estivesse incomodada. Está só irritada. Maya iria perder o fôlego e soar à beira das lágrimas.

— Sim ou não — diz ela, virando-se para apontar a estação de metrô. — Sim ou não, podemos pegar um trem desta estação para o Empire State Building?

Não respondo, mas ela consegue ler minha expressão: existe a linha F, a linha D. É possível chegar lá em dez minutos.

— Ok, então já que estamos andando naquela direção, e, sejamos sinceros, sem nenhum motivo, vou chamar isso de destino. Vamos lá.

Eu realmente deveria ter tomado a dianteira quando saímos da lanchonete.

Charlotte me guia até a estação, mas para no fundo das escadas. Sentado ali há um cara esfarrapado e careca, em uma parca maltrapilha, com um cartaz de papelão pedindo cinco pratas para comida de cachorro, uma seta apontando para o filhote que dorme aninhado em seus braços — um buldogue inglês branco. Ele nos vê olhando para ele (na verdade, ele nos vê olhando para o cachorro) e começa a afagar a cabeça do animal.

— Vocês dois sentiram no coração a vontade de me ajudar a alimentar essa garotinha?

Eu realmente não quero fazer o papel de Nova-iorquino Cínico na frente de Charlotte, mas não compro a história. Reviro meus olhos quando ela se agacha para se juntar ao cara e fazer carinho no cachorro, que está começando a despertar.

— Qual é o nome dela? — pergunta Charlotte.

Estou tentando descobrir como tirá-la dali, para que não seja atraída para algum tipo de fraude, mas, antes que possa fazer qualquer coisa, meu celular vibra contra minha perna e meu estômago se contorce com o que pode ser medo, porém, provavelmente, é esperança. Talvez seja Maya. Talvez ela já tenha se cansado do Hipster Bonitão e esteja pensando que cometeu um grande erro.

Pego o celular e vejo que recebi não uma mensagem de texto, mas um WhatsApp — talvez *ainda* assim seja de Maya —, mas, quando entro para ver, só noto uma tela branca com o círculo cinza de download, como se o aplicativo estivesse dizendo *Droga, eu sei que a mensagem está aqui em algum lugar, Anthony. Eu estava com ela. Mas só Deus sabe o que fiz com isso. Sou tão idiota.* O sinal não é forte o bastante aqui.

Charlotte ainda faz carinho na cachorrinha, que agora está bem desperta e lambendo sua mão. O cara de parca diz algo sobre não querer levá-la para um abrigo, e sei que deveria começar a apressar Charlotte em direção à plataforma, mesmo que ela queira fazer algo patético e turístico como ir ao Empire State Building, mas...

E se for Maya dizendo que deu o pé na bunda do Hipster Bonitão e que, no fim das contas, realmente quer que eu passe o Natal com ela e a família?

Sei que é uma ideia terrível. E me odeio por querer que seja Maya. Mas também sei que de jeito algum vou *ignorar* a mensagem. Então, enquanto Charlotte está babando em cima do cachorro, me abaixo, digo que já volto e subo as escadas, de dois em dois degraus, até a rua.

A mensagem no WhatsApp não é de Maya. É de alguém chamado Vinnie Zampanti, avisando que cantará músicas de Natal com seu coral em East Village daqui a vinte minutos, e que sou super bem-vindo a me juntar a eles se quiser, mesmo não sabendo cantar.

Quem diabos é Vinnie Zampanti? Ele respondeu minha mensagem de grupo, então deve ser algum antigo colega de escola, mas não me é nem um pouco familiar. Clico em seu nome e abro o perfil, no entanto a foto é só uma fatia de queijo gouda (o que não é exatamente um bom sinal).

Sério, quem é Vinnie? E por que, em sua opinião, alguém gostaria de cantar aleatoriamente músicas festivas no East Village na véspera de Natal? Então, penso que talvez possa vender a experiência para Charlotte como uma *verdadeira* tradição nova-iorquina — gostinho local, algo assim. Qualquer coisa que me mantenha longe do Empire State Building essa noite. Digito um agradecimento para Vinnie e acrescento que vou tentar aparecer, daí me viro para buscar Charlotte.

Mas não preciso buscá-la; ela já está no topo da escadaria. Com um filhote de buldogue inglês.

— Ah, você só pode estar de brincadeira! — Aperto a ponte do nariz, como se estivesse com uma dor de cabeça muito forte, algo que todos os homens da família Monteleone fazem quando estressados. Luke copiou meu pai, e eu copiei Luke — e então meu pai me disse para não imitar meu irmão mais velho o tempo inteiro, que eu tinha que ser eu mesmo. Eu tinha 7 anos.

— Dava para perceber que o cara lá embaixo não estava pedindo dinheiro para comprar comida de cachorro — argumentou ela, me estendendo a coleira do cachorro... como se eu a quisesse. — Ele estava enganando as pessoas, é claro. Notei um iPhone em seu bolso. Parecia um modelo mais novo que o meu!

— Então você pegou...

— Comprei.

— Ah, cara...

— Cinquenta dólares. — Ela está sorrindo para mim, como se tivesse fechado o melhor negócio do mundo. — Um preço pequeno para salvar a cachorra de um dono que, se percebe, não liga para ela. A cadelinha pode conseguir uma casa melhor. Uma casa amorosa.

— Onde? Na Inglaterra? Quer levar o cachorro? Você vai entrar num avião em poucas horas, e há regras para esse tipo de coisa. Quarentenas, papeladas, nem sei!

Ela está balançando a cabeça para mim.

— Temos a noite inteira. — Ela se ajoelha para acalmar a cachorrinha, que se enrosca e late, e, à contragosto, sinto uma vontade insistente de pegá-la no colo. — Quem não ia querer levar esta princesinha para casa? Vai dar tudo certo. Além disso... — Ela pega o livro. O livro que me colocou nessa confusão. Só agora reparo que tem um cachorro na porcaria da capa.

— Acho que me lembrei de uma coisa... — Ela passeia pelas páginas. — Isso! Eu lembrava de ter visto este capítulo. Veja: Quarto Passo. — Ela vira o livro para mim e me mostra: — Cuide de alguém, então vai se lembrar de como cuidar de Você.

— E agora o quê? Vamos seguir o livro todo?

Ela olha para mim por cima da cabeça do filhote.

— Por que não? Funcionou até agora, certo? Todas as experiências que tivemos... Eu queria uma História e definitivamente estou vivendo uma. Além disso — ela levanta a cachorra para provar seu ponto —, estamos cumprindo alguns passos por acidente. Talvez seja o destino ou coisa do tipo.

— Ok, calma aí. — A cadela escolhe esse momento para começar a lamber minhas botas; meio nojento, mas Charlotte acha hilário. — A gente ainda nem cumpriu o Terceiro Passo.

— Não acho que o livro diz que precisamos cumprir tudo em uma sequência exata.

Como você sabe?, penso, quando ela devolve o livro para a bolsa, sem ler. *Você mal bateu o olho no texto. Até onde sei, o Oitavo Passo pode mandar você andar de costas pela Times Square de olhos fechados.*

— Você ao menos sabe alguma coisa sobre cachorros? — perguntei a ela.

— É claro! — respondeu. — Nós temos um staffbull chamado Rocky, e, de jeito algum, essa mocinha pode me dar tantos problemas como aquele lá. Agora, ela precisa de um nome! — Charlotte beija a cabeça do cachorro. — Estava pensando em "Winny", porque ela parece um pouco com Winston Churchill, mas é óbvio demais. Além disso, as pessoas iam achar que o nome é por causa do Ursinho Pooh.

Ela volta a me olhar, radiante como quando me disse que pagou "só" cinquenta pratas pelo filhote. Mas noto que a ansiedade em seu olhar não tem a ver apenas com a cachorra. Agora algumas coisas se encaixam. A impulsividade, a coisa de falar sem parar. Ela está fazendo tudo o que pode para não pensar no ex. É como se ela acreditasse que, se continuar em movimento, se continuar falando, se não *desacelerar*, não vai ter tempo ou espaço no cérebro para pensar nele. Ela está fugindo do *próprio* término. Eu estou tentando correr *atrás* do meu.

E aqui estamos, no mesmo lugar.

4. CUIDE DE ALGUÉM, ENTÃO VAI SE LEMBRAR DE COMO CUIDAR DE VOCÊ

É difícil pensar em como tomar conta de si mesmo, não é? Muitos de nós nos convencemos que estamos Bem, que não precisamos de cuidado. Términos podem nos mostrar que, sim, nós precisamos — e quando, de repente, nos damos conta disso, sentimos com frequência que não há ninguém por perto para fazer isso por nós. E muitas vezes nossa mente está tão dominada pelas avalanches emocionais em nosso cotidiano que não sabemos o que queremos — ou do que precisamos. Em momentos como

esse, pode ser bom encontrar alguém que precise de Você mais do que Você precisa de alguém...

*

Cerca de quinze minutos depois, estou carregando a cadela, que parece gostar muito do sabor de minha cara, até o Starbucks entre a Second Avenue e a Ninth Street. Durante o caminho, Charlotte pondera sobre o novo nome para "Winny". Sugiro "Mancada" — uma piada da qual me arrependo na mesma hora, porque não parecemos realmente prontos para rir de qualquer coisa. Mas Charlotte realmente gosta do nome.

— Você consegue vê-lo? — pergunta ela.

Estamos procurando pelo tal "Vinnie" — embora eu não fosse capaz de reconhecê-lo nem se minha vida dependesse disso. Mas os olhos de Charlotte brilharam quando mencionei coro de Natal, e tenho certeza de que os meus brilharam ao saber que não teria que lidar com o Empire State Building essa noite, então aqui estamos.

Dou uma olhada na 9th Street e vejo um grupo de pessoas amontoadas e tremendo de frio do lado de fora da cafeteria. Parecem coristas? Não faço ideia. Assim como não tenho a menor ideia se algum deles é o misterioso Vinnie. Não posso confessar para Charlotte que não sei quem estou procurando, porque eu meio que já disse a ela que Vinnie era um cara legal — por que eu fiz isso? —, então estou fingindo que não consigo ver direito entre todas aquelas pessoas na multidão vestindo casacos de inverno e gorros. À medida que nos aproximamos, percebo que Charlotte e eu vamos reduzir a idade média do grupo em uns 22 anos. Caminho lentamente até parar a uns 2 metros de distância, e Mancada tenta pular dos meus braços e correr até essas novas pessoas junto às quais não sei se quero cantar até que, graças a Deus, reconheço alguém — mas não alguém que eu imaginava encontrar entre os coristas.

— E aí, Cheese? — chamo o cara baixinho, com cara de fuinha, que está tentando sair do meio do grupo, quase perdendo o gorro de Papai Noel no processo. O acordeão debaixo de seu braço emite algumas notas fora do tom enquanto ele caminha até nós.

— Esse não pode ser o nome dele — balbucia Charlotte.

— Não — balbucio de volta, me dando conta de que esqueci, ou nunca soube, que o nome verdadeiro de Cheese era Vinnie Zampanti. Ele foi transferido para outra escola entre o primeiro e o último ano. Por direito, ele nem deveria estar em nosso grupo do WhatsApp. — A gente só chamava ele assim porque era viciado em queijo gouda.

— Formiga, você veio!

E agora Cheese — Vinnie — está me abraçando, quase derrubando o acordeão, e é como se meu cérebro estivesse destravando memórias. Lembro que Vinnie Zampanti era meio que o esquisitão da turma e me chamava de "Formiga" desde quando éramos escoteiros.

— Bom te ver, cara.

— É, é — digo, tentando não parecer distraído pela lembrança de minha prima Marie me dizendo que, na oitava série, Cheese tentou fazer uma serenata para ela com a releitura de... bem, Marie nunca conseguiu desvendar o que ele estava cantando, porque mal conseguia ouvi-lo acima do acordeão.

Se eu soubesse que era Cheese o cara daquela mensagem no WhatsApp...

— Ok, pessoal, vamos andando. — Uma das mulheres no grupo, na casa dos 50, baixa, forte, toda autoritária, dá um passo em direção ao meio-fio, reunindo as pessoas a seu redor. — Vamos começar pela 9th Street, em direção ao oeste. Espero que todos estejam com suas partituras, e que todos lembrem suas... Quem são vocês?

Ela está olhando para Charlotte e eu.

— Não, não, está tudo bem, Gladys. — Cheese dá um tapinha em meu ombro, tão forte que quase derrubo Mancada, que late registrando sua irritação. — Este aqui é um amigo de infância. Um dos melhores cantores que conheço.

Estou começando a pensar que Cheese está me confundindo com outro "Formiga". Eu não canto. Mas Gladys está perguntando a Cheese qual é meu timbre, e Cheese está insistindo que canto baixo, e Charlotte canta algo chamado mezzo-soprano. Gladys parece feliz ao ouvir isso, e lidera o grupo adiante, ao longo da 9th Street, dizendo que é um alívio, porque eles não têm um baixo ou uma mezzo.

Deixo o grupo tomar alguma distância antes de seguir. Eu me viro para Cheese, que está parado à minha esquerda. Charlotte à direita.

— O que foi isso?

Cheese apenas sorri para mim. Ele parece tanto um furão que chega a ser perturbador.

— Não se preocupe. É só ficar no fundão e dublar. — Então ele me enlaça com o braço livre, como se fôssemos velhos amigos. Mancada lhe deu uma cheirada, então virou a cabeça.

Acho que nunca vamos dar queijo a ela. — É bom te ver, cara. Mas, sendo sincero, eu, hum... — Ele dá uma olhada para mim e para Charlotte. — Estou um pouco desapontado que tenha trazido sua nova garota.

Estou prestes a perguntar o motivo, mas Charlotte fala primeiro.

— Na verdade, só estou aqui porque cancelaram meu voo.

Cada vez que Cheese sorri, me arrependo mais e mais por ter vindo. Por ter enviado aquela mensagem para o grupo, em primeiro lugar.

— O que você está fazendo em um coral, aliás? Parece que só tem velhinhas, donas de casa e você. — Faço uma varredura rápida. — Você é o único homem.

— Exatamente. — Cheese não está me lançando seu sorriso de furão, está assentindo em câmera lenta. — É genial, cara. Eu sou a rena caminhando para o abate por vontade própria.

Charlotte faz um som de desgosto.

— O que *isso* quer dizer?

— Você sabe, pumas — responde Cheese. — Sou uma grande presa que está implorando para ser comida viva.

Mais à frente, o grupo começa a cruzar a First Avenue, e uma das mulheres — que parece mais velha que minha mãe — se vira e manda um beijinho para Cheese. Ele lhe joga um beijinho, e imploro para que meu cérebro não fique imaginando o que pode acontecer depois de terminarmos aqui. Cruzamos a First Avenue, e Gladys nos faz parar do lado de fora da primeira casa que surge. Ela manda alguém tocar a campainha e, quando um senhor com um suéter preto e vermelho abre a porta, ela se vira para nós, apontando para

Cheese a fim de ter certeza de que ele está pronto. Então ela ergue os braços, preparando para reger sabe-se-lá-qual música de Natal. Ninguém nos deu uma partitura!

Quem é o pequeno a repousar
Nos braços de Maria?

Ah, essa eu sei! Acho. A gente cantava no Ensino Fundamental. Mexo meus lábios vagamente no ritmo da melodia, então *parece* que estou cantando, e espero que eu me lembre da letra, mas não. Sei que tem "Jesus" e mais umas "Marias" em algum lugar. Acho que também mencionam uma estrebaria.

Eu me viro para Charlotte, que está cantando (ela até canta bem, na verdade) enquanto me olha tipo *Sério?* Qual é, não é como se eu não soubesse a letra do hino nacional.

Sei que o final do refrão é "Jesus, que nasceu em Belém", então, enquanto os cantores tomam ar e Cheese maltrata este pedacinho da 9th Street com seu solo de acordeão que com certeza não existe na versão clássica, tento relembrar o que vem em seguida. Mas então eu penso, dane-se, vou criar minha própria letra e acreditar que a voz de todo mundo vai abafar a minha:

Quem é o pequeno a repousar, eu não sabia
A quem quero enganar, se quisesse um, eu pedia...

Poderia continuar tranquilamente se as outras pessoas estivessem cantando. Mas me guiei pela melodia que lembrava em vez de pela regência de Gladys — um vacilo enorme, porque Cheese ainda estava solando —, então só tinha sobrado eu e meu timbre, que está longe de ser baixo, arruinando um clássico de Natal. Mancada se contorce nos meus braços e uiva — em harmonia ou protesto, não tenho certeza —, e até Cheese para de tocar e me encara embasbacado.

Eu me sinto ao mesmo tempo um idiota e um babaca, até que Charlotte abafa uma risada e esconde o rosto com o cachecol que lhe dei.

De algum jeito, isso deixa toda a situação menos constrangedora.

Gladys se vira e pede desculpas ao velhinho à porta.

— Estamos recebendo novos cantores — explica ela, então olha para mim e para Charlotte. — Eles têm *muito* o que aprender.

O velhinho volta para o lado de dentro e fecha a porta. Então o Coral Puma desce as escadas e circunda Charlotte e eu. Elas começam a gritar com a gente — uma delas diz até que "arruinamos o Natal" — quando escuto o silvo e o lamento do acordeão de Cheese, que se coloca entre nós.

— Ei, ei, ei, meninas, meninas! — Ele está abanando o ar, como se as mandasse sentar. — Relaxem, não se estressem. Esses dois são meus amigos. Eles não fizeram por mal. Eles só queriam muito, muito mesmo, se juntar à diversão, só isso. Eles sentem muito. — Ele me olha e, virando o rosto para que o grupo não veja, deixa seus verdadeiros motivos virem à tona.

Cara, não estrague isto aqui.

— Certo, Formiga?

— É, claro — concordo, trocando Mancada de um braço para o outro. Ela está ficando pesada. — Acho que passei da cota de espírito natalino. Sinto muito mesmo.

Gladys não parece mais feliz por isso, mas assente.

— Desculpas aceitas. Mas este é um *coro semiprofissional*, e não podemos deixar qualquer um participar. Precisamos ter critérios.

Charlotte zomba.

— Onde está *seu* espírito natalino?

— Ok — digo, pegando a mão de Charlotte e puxando-a de volta pela 9th Street. — Acabamos por aqui. Vamos embora.

Charlotte caminha a meu lado enquanto Mancada se inclina em meu peito e meu ombro, tentando mordiscar seu cabelo.

— Acho que não vamos começar nosso próprio coral tão cedo.

Atrás de mim, escuto algumas coristas lamentarem quando Cheese diz a elas que as alcança quando chegarem à 10th Street, ele só vai tomar um café com os amigos.

Ah, merda... os amigos somos nós.

*

E é assim que acabo em um lugar chamado Evening Joe's para tomar café com Cheese. Os funcionários não estavam muito convencidos a nos deixar entrar com Mancada, mas Charlotte contou a eles a história completa sobre seu dia, e eu não sei se foi sua narrativa cheia de desgraças ou o fato de ter contado com sotaque britânico — mais parecido com *Downton Abbey*, juro, que em qualquer outra hora do dia —, mas eles ficaram com pena e só nos pediram para garantir que o filhote não ficasse descontrolado. Ou fizesse xixi em qualquer lugar.

— Não se preocupe com Gladys... — Cheese ergue a xícara de café e toma um gole grande e barulhento, deixando a xícara tinir ao apoiá-la de volta na mesa. Fica muito irritante, bem rápido.

O Terceiro Passo é meio que uma merda.

— Ela só gosta de controlar as coisas. — Então ele faz aquela coisa com as sobrancelhas (ergue uma, depois a outra, mexendo-as como lagartas rastejando) que me lembra do porquê nunca ter sido seu amigo na escola. — Confie em mim.

Charlotte está segurando Mancada e fazendo um bom trabalho fingindo que não está tentando des-ver as sobrancelhas de Cheese.

— O que exatamente *é* um coral semiprofissional?

Cheese admite que não sabe muito bem.

— Uma vez ganhamos cinquenta pratas por cantar em um asilo. — Tento não rir, mas felizmente Cheese desvia o assunto das coristas. Ele me conta que está dando uma pausa de Fordham. — Você ainda está em Columbia? — Assinto. — Bacharelado em Inglês, certo? — Assinto outra vez.

Charlotte parece surpresa. Talvez até chocada.

— Você não me disse que estudava em Columbia — diz ela.

Dou de ombros.

— Bem, o assunto nunca surgiu.

Ela sustenta meu olhar por um segundo longo demais, e começo a desejar saber o que está pensando. Se ela voltar para Nova York, irá para a mesma faculdade que eu. Será que ela acha isso bom ou ruim?

Eu acho isso bom ou ruim?

Charlotte entrega Mancada para mim, dizendo que já volta, e levanta para ir ao banheiro.

Cheese a observa ir, então se vira para mim com uma expressão que diz *Nada mal.*

— Cara, preciso admitir que fiquei um pouco desapontado ao ver você aparecer sem sua ex. Ela era *bonita.*

Penso no primeiro ano, a última vez que Cheese e eu fomos uma espécie de colegas de classe. Não tive uma namorada no primeiro ano, exceto...

— Espere, você está falando de Tammy? Nós fomos, tipo, duas vezes ao cinema.

— Não, cara — *gole, gole, tinido* —, a loira. Qual era o nome dela? Maya.

Eu o encaro. *Espere um pouco.*

— Como você sabe que namorei Maya?

— Ela estava por todo seu Instagram, irmão. Toda foto era uma selfie com aquela garota.

Preciso trancar meu Instagram.

Cheese não terminou.

— Só sinto muito que você não tenha postado nenhuma foto dela na praia ou, tipo, de lingerie. Você furou com os caras nesse sentido, irmão. Aliás, o que você estava pensando quando a deixou escapar? O que você é? Algum idiota ou coisa do tipo? Quer dizer, ela não era só muita areia para seu caminhão. Você era, tipo... uma Kombi de frete bem safada, mesmo com algumas alterações na suspensão.

Mancada choraminga e se esconde na curva de meu braço, como se pudesse pressentir a raiva que cresce dentro de mim. Encaro a mesa, ouvindo o *glup, glup* de Cheese bebendo o café. O Terceiro Passo em uma missão para esquecer Maya me levou até um babaca à procura de solteironas, que não quer falar em outro assunto além de minha ex... e me pergunto: estou irritado porque Cheese matou a charada? Que passei boa parte do tempo com Maya — se é que se pode chamar de "com" aquele arranjo esquisito e a distância — tentando me convencer a acreditar em minha "sorte"?

Engulo o que sobrou do café. Não vou ficar aqui. Charlotte está voltando do banheiro e, quando vê a minha cara, recua um passo. Balanço minha cabeça de leve para ela — *estou bem, mas vamos dar o fora daqui.*

Peço a conta e praticamente finjo que Cheese não está presente, que não está falando comigo, que não está pedindo o telefone de Maya. Pago por tudo, até mesmo o café do cara, entrego a Charlotte a bolsa e penduro minha mochila no ombro.

— Volte para suas tiazonas, Cheese.

— Foi alguma coisa que eu disse? — pergunta ele, levantando-se.

Coloco a mão em seu ombro e o interrompo, ele volta a se sentar. Cheese pode ser um idiota, mas ao menos percebe que estou chateado. Eu me viro, entregando a coleira de Mancada para Charlotte, e saímos de volta para a 9th Street, nos dirigindo à Second Avenue.

— O que foi aquilo? — pergunta ela.

— Eu, aprendendo a lição de que certas pessoas devem ficar para trás — respondo.

Paramos na esquina da Second. Charlotte de repente se distrai com Mancada, que se contorce, como se quisesse fugir.

— Ah, meu bem, acho que a madame aqui quer fazer xixi.

Tento alertar Charlotte de que podemos ser multados em cem dólares se Mancada tiver outras ideias mais nojentas.

Cruzamos a Second Avenue e levamos Mancada até uma árvore, onde ela faz o número um — felizmente, só isso — na lama.

Enquanto desligo a voz de Charlotte encorajando e parabenizando o filhote, começo a me sentir enjoado, e não só pelo fedor que está vindo da lama. Cheese é um cara estranho, um completo esquisitão, mas, apesar de tudo, eu me vejo concordando com ele: fui um idiota ao deixar Maya ir embora.

Mas não foi você quem foi embora. Ela *foi. E fez isso na véspera de Natal, de todos os dias. O que deixa tudo pior... você está melhor sem ela.*

Eu queria muito, muito concordar com aquele pensamento.

— Ok. — Charlotte guia Mancada de volta à 9th Street.

Eu cutuco seu braço.

— Ei, isso significa que a gente já cumpriu o Quarto Passo? Quero dizer, nós a resgatamos da estação de metrô e a levamos para fazer xixi. Acho que isso conta como cuidar, não?

Charlotte exibe o mesmo sorriso de quando pegou Mancada. Quando *nós* a pegamos.

— Sim, vamos riscar da lista.

Devolvo o sorriso, e, por questão de um segundo, nos acotovelamos e sentimos que somos mais que dois desconhecidos matando tempo em Nova York.

Então o celular de Charlotte toca, e ela se assusta, afastando-se de mim. Ela pede desculpas e tira o aparelho da bolsa. Faz uma careta que é metade surpresa e metade apreensão.

— É essa menina, Katie, respondendo a mensagem que mandei mais cedo — explica. — A gente se conhece da escola.

Ela disse que hoje à noite vai rolar uma festa no apartamento da prima, e disse que tudo bem se a gente quiser ir.

Ela está me olhando, tentando avaliar o que eu acho. Uma festa de ensino médio não é realmente o que quero fazer, mas também não quero desapontá-la (já sinto que fiz isso ao não ir ao Empire State Building). Então, aponto para a bolsa.

— Podemos eliminar um passo com isso?

Charlotte pega o livro, folheia de frente para trás. E aí de trás para a frente. Para em um capítulo no meio. Sexto passo. Estamos pulando o Quinto, por agora.

— Passe 24 horas sem tocar no nome de seu ex. — Ela me olha e dá de ombros. — Bem, eu nem vou ficar aqui esse tempo todo, então... talvez a gente possa tentar fazer isso durante a festa e ver no que dá?

Parece que não vou conseguir me livrar da tal festa. Por mais que queira fazer qualquer outra coisa — até mesmo o sacrifício de ir para casa e contar a minha família o acontecido, colocando um ponto final no assunto, parece melhor —, também sinto uma necessidade de ficar de olho em Charlotte. E Mancada está lambendo minhas botas de novo (Jesus, o que vou fazer com essa cadela?).

Quando respondo, percebo que nunca foi uma dúvida.

— Onde é essa festa?

~~3. RETOME CONTATO COM UM VELHO AMIGO...~~

~~4. CUIDE DE ALGUÉM, ENTÃO VAI SE LEMBRAR DE COMO CUIDAR DE VOCÊ.~~

CAPÍTULO CINCO

CHARLOTTE

6. PASSE 24 HORAS SEM TOCAR NO NOME DE SEU EX

Todos sabemos que palavras têm poder, mas nomes são ainda mais poderosos. Para distanciar você de seu ex é preciso se ver livre desse poder. E o único jeito de fazer isso é através do silêncio.

20H30

— Ei, eu só tinha 6 anos!

Fico vermelha com o jeito que Anthony cobre a boca para abafar a risada. Acabo de confessar que meu primeiro gato se chamava Hagrid, porque eu estava na fase Harry Potter. Além disso, o gato era grande, gordo e fofo, então é claro que qualquer criança com 6 anos pensaria em Hagrid!

— Todo mundo dava um nome de Harry Potter para os bichinhos naquela época — murmuro quando o trem da Linha 1 em que estamos para na 14th Street. Três pessoas entram no vagão, inclusive mais um tipinho Williamsburg usando um cardigã preto. Sem fazer ideia, ele se senta do lado oposto a Mancada, que se contorcia em meus braços e rosnava. A bichinha *realmente* tem alguma coisa contra hipsters!

Eu acaricio a cabeça de Mancada e sussurro para que ela fique calma. Ela obedece. A meu lado, Anthony estica a mão e lhe coça a orelha.

— Você é boa em acalmá-la — elogia ele.

— Tenho um pouquinho de experiência em acalmar cachorros — digo. — Meu cachorro, Rocky, meio que odeia todos os homens. Exceto meu pai.

— Sério?

Assinto.

— É um problema de verdade. Nós passeamos com ele nesse parque lá perto de casa, mas, primeiro, minha irmã Jessica tem que checar se não tem nenhum homem por perto. Talvez ele seja alérgico ao cromossomo Y.

— Talvez ele não confie em quem não seja da família? Tipo, quem sabe ele veja os homens como pessoas que talvez queiram se *juntar* a vocês, sabe? Competição.

Não respondo porque a única coisa que consigo pensar em dizer é que eu meio que quero levar Colin a Londres, assim posso acostumar Rocky a ele. E se eu dissesse isso, então teria fracassado em nosso Sexto Passo encurtado e revisado — conversar sem mencionar o ex até deixarmos a festa de Katie, que é para onde estamos indo agora.

Anthony sugeriu que fizéssemos um teste, ele começou e não conseguiu pensar em nada por um tempo, mas, então, Mancada lambeu meu rosto, me fazendo rir, e ele me perguntou sobre os bichos de estimação que tive antes. Não era exatamente uma conversa brilhante, mas foi um começo...

Até que pensei *nele* do mesmo jeito. E, mesmo que não estivesse tocando em seu nome, estava constantemente pensando em não falar dele, o que significava que ele continuava em minha mente, e eu não sei se isso estragava ou não o objetivo.

Agora é minha vez de puxar assunto. Temos dez ou onze estações antes de chegarmos à 116th Street, nossa parada. Pergunto qual seu esporte favorito, porque ele é homem e espero que tenha uma resposta — mas ele diz que não gosta mais de esportes no geral (e eu fico um pouco contente em ouvir isso). Pergunto sobre os filmes favoritos, e não me surpreende nem um pouco quando ouço *A origem*. Mas não me ocorre mais nada. E já passamos da 50th Street. Por fim estamos os dois encarando nossos sapatos, sem nada a dizer um ao outro. Quando estou me consolando e dizendo a mim mesma que foi uma boa tentativa, Anthony tira algo da cartola.

— Você acredita em realidades paralelas?

Ele poderia ter me perguntado aquilo em mandarim, até onde sei. Ele sorri, dizendo que *A origem* o fez pensar naquilo.

— Como? — pergunto. — O filme é sobre sonhos, não realidades paralelas.

— Bem, sim, mas é sobre o subconsciente e sempre fui meio fascinado por isso. Quero dizer, com que frequência você sonha com pessoas que você conhece? Você imagina que eles seriam as "estrelas" dos filmes que passam em sua cabeça à noite, mas normalmente, não são. Na maior parte do tempo, você está na companhia de um monte de desconhecidos que nunca viu na vida, mas eles sempre parecem superfamiliares, de algum jeito. A gente nunca precisa recapitular — o tom diminui —, "anteriormente no *Subconsciente da Charlotte*", para saber quem é quem e o que está acontecendo. No sonho, a gente sempre sabe, não?

— Acho que sim — respondo, dando de ombros. Mancada rosnou com o movimento, se virando desajeitadamente em meus braços, como se tentasse me lembrar quem manda aqui. — Então, o que está querendo dizer? Que, nos sonhos, a gente viaja para outra dimensão?

Anthony dá de ombros em resposta, as bochechas um pouco vermelhas, como se, de repente, ele se sentisse idiota por trazer à tona algo tão... aleatório. Faço meu melhor para tentar manter a expressão aberta, encorajadora, para que ele saiba que pode dizer qualquer coisa, mas tenho medo de que meu sorriso leve pareça uma forma de deboche.

— Tem que ter *algum* motivo — continua ele — para tudo parecer tão familiar quando estamos sonhando. Eu sei lá. Talvez só esteja falando besteira.

Seu maxilar trava enquanto desvia o olhar. Eu me odeio por notar uma diferença entre ele e Colin: Anthony parece se preocupar com o que penso, e gosto disso. Cutuco seu cotovelo com o meu, incentivando-o.

— Continue...

Ele fecha os olhos, balança levemente a cabeça, como se dissesse a si mesmo *Não acredito que vou realmente falar disso.*

— Não é *viajar*, óbvio. A gente não *vai* propriamente a algum lugar. Mas sempre que acordo, eu me pergunto... e se, no sonho, eu estiver vendo pelos olhos de um Eu Alternativo? Vivendo *sua* vida por um tempinho? Porque precisa existir uma razão para a gente nunca sonhar que é outra pessoa, certo? Você sempre é você, só as circunstâncias ao redor que mudam. Não existe restrição sobre o que você pode sonhar, mas a única coisa que sua mente jamais faz é criar uma identidade completamente nova. Por que seu subconsciente *não* transforma você em uma pessoa completamente nova e melhor?

Sei que estou o encarando agora, e só espero que minha expressão não denuncie a pergunta que temo fazer: *É isso que ele quer? Ser alguém diferente?*

Em vez disso, digo:

— Hmm... bem, ok, vamos supor que é isso que fazemos quando sonhamos, então isso obviamente significa que os Outros Nós... devem sonhar com a gente quando vão dormir, né?

Ele ri, olha para os sapatos. Eu me preocupo que, logo, suas bochechas vão parecer quase queimadas de sol de tão vermelhas.

— Esquece. Estou falando parvoíces... Usei a palavra corretamente?

Não vou deixar que ele mude de assunto.

— Você me fez pensar... uma das coisas que sempre me incomodam, e isso acontece todo santo dia, é, tipo, quando eu desço as escadas para ir à cozinha pegar alguma coisa e, ao chegar lá embaixo, não consigo lembrar o que queria.

Ele assente.

— E você sente como se...

— Como se tivesse acordando, ou algo do tipo. Agora você me fez pensar: e se for isso? Outro Eu, em algum lugar por aí — aponto para o que deveria ser a Outra Dimensão, mas na verdade é só o Punheteiro de Williamsburg de cardigã preto sentado à frente, tentando fingir que não estava escutando a conversa — acorda, e é esse corte na conexão que deixa a gente todo confuso? Acho que é uma explicação muito melhor que dizer que estou perdendo a cabeça aos 17 anos.

Ele apenas sorri para mim, o rubor desaparecendo das bochechas. Sustento seu olhar, tentando mantê-lo envolvido na conversa, porque sua atenção está em alguém que não é Maya. Esse é o ponto de toda a estratégia, afinal de contas.

Quando nos damos conta, estamos na 116th Street, Universidade de Columbia. Descemos do trem, saímos da estação e andamos até ao endereço no Upper West Side que Katie me deu, onde essa festa supostamente está acontecendo. Continuo perto de Anthony e deixo ele me guiar, assim não tenho que ficar procurando demais...

Assim eu não fico encarando o campus, pensando no que poderia acontecer...

Ou poderia não acontecer.

*

Demora alguns toques de campainha e mensagens de WhatsApp com SOS para Katie, mas eventualmente destravam o portão para entrarmos. Guio Anthony até o elevador, e subimos até o quarto andar — o *quinto* andar americano — de um prédio pretensioso. Acho que tomei a dianteira porque sou eu quem conhece alguém na festa. O elevador nos deixa sair. A porta do 5B está aberta, o burburinho dos convidados acompanhando uma onda de música indie, é claro, e Mancada dá patadas em meu braço, como se tentasse fugir. Eu a tranquilizo, prometendo que não vamos ficar muito tempo, enquanto entramos em um comercial ao vivo e em cores de uma fusão inexistente entre J. Crew e Hollister. Nada além de camisas sociais, suéteres *fair isle* e vestidos rodados... colegial! Além disso, todos se reuniram na porta da frente, o que — com minha bolsa e a mochila de Anthony — transforma nossa entrada no apartamento em um pequeno desafio.

— Ah, foi mal!

A voz de Katie vem entrecortada pela música e pelo burburinho, em um tom profundo infalível quando se quer dar ordens. A multidão à porta da frente parece se dividir àquele som, me dando uma visão de Katie, parada na cozinha ao fim do corredor — balcões e armários orbitando ao redor de uma bancada de café da manhã. Ela nota Mancada, e entro em pânico por um instante, me perguntando se trazer um buldogue inglês para uma Festa Descolada viola algum tipo de código social, mas Katie sai da cozinha, as mãos estendidas como se fosse pegar Mancada no colo, e estou prestes a entregar o cachorro quando ela na verdade *me* abraça.

— Venha até a luz para eu te ver. — Ela suspira, me puxando para a cozinha. Então me segura com as duas mãos, me olhando da cabeça aos pés. — Gosto dessa nova versão, Lottie.

(Ela me chamava de Lottie desde meu primeiro dia na Sacred Heart. Comecei a odiar no segundo).

— Nah, só tentando dar uma variada... — conto, ninando Mancada. A voz de Katie parece enervante para a cachorrinha. Talvez ela se acalme se eu continuar falando. — Obrigada por me convidar. Uma festa na véspera de Natal. Não fazemos isso na Inglaterra. É uma coisa de americanos?

Katie dá de ombros.

— Não, não muito... minha família é judia, então a gente não liga muito para o Natal. Este apartamento é da minha prima, ela não está na cidade.

— Não me diga que ela não sabe que isso está rolando?

Kate dá uma risadinha *verdadeiramente* serena.

— Não, não, bobinha... eu sou má, mas não tanto *assim*. Naomi sempre foi de boa com o fato de rolarem essas festas quando ela não está. Ela diz que são um jeito de experimentar a vida em velocidade acelerada.

— O que isso significa?

Ela faz uma careta, torcendo o nariz, balançando a cabeça de leve.

— Na verdade, não faço ideia. Mas de qualquer forma... um lugar de graça para fazer festas. Falando nisso, quer provar essa sidra de cravos que Harriet, meu amorzinho, preparou?

Katie nem espera que eu responda. Ela já está pegando um copo vermelho da bancada e o entrega para mim. Eu o pego, tentando perguntar a Anthony se ele também quer um...

Mas ele não está mais por perto. Minha surpresa deve estar estampada na cara, porque Katie aponta para a sala de estar.

— Acho que vi alguém o puxando.

Eu abro caminho pelo casal gay se agarrando embaixo do visco na porta da cozinha, evito contato visual com um atleta que acho que conheço das aulas de biologia... estou tentada a segurar Mancada como um escudo, caso ele tenha alguma ideia de "se aproximar". Então me sinto um monstro por considerar usar a cadelinha daquele jeito.

Entro na sala de estar e quase vomito com o ar úmido e pesado de suor, acompanhado do cheiro forte de álcool derramado. Procuro por Anthony na multidão e o encontro em um canto, ao lado da TV obscenamente grande, que está ligada, exibindo uma reprise de *The Big Bang Theory*.

Katie estava certa: ele tinha sido puxado. Duas garotas em camisas de flanela superfofas e jeans estão a sua frente. Eu me apaixono por elas por quebrarem o padrão de vestidos rodados. As duas estão de costas para mim, então não dá para dizer se são da Sacred Heart, mas o que eu *sei* é que elas combinaram a tática de flerte. A que está a minha esquerda, à direita de Anthony, mexe nas tranças com a ponta dos dedos, como se estivesse tocando uma flauta. A outra — esquerda de Anthony, minha direita — está com as mãos no quadril, encarando Anthony atentamente, sem se mover *nem um pouco*. Ela parece um manequim, só que com um brilho saudável no rosto.

— De *jeito algum* você é de Bensonhurst! — diz A Manequim, dando um tapa de leve no braço de Anthony, como se o repreendesse por mentir.

Anthony sorri e olha para os sapatos. Não dá para dizer se é timidez ou se ele está realmente gostando, assim como não sei dizer se essa pontada que estou sentindo é ciúme de verdade.

Então lembro a mim mesma: *Isso é bom. Ele precisa superar Maya.* Mas A Manequim meio que parece Maya, A Segunda, e penso em resgatá-lo.

— Eu sou, juro — insiste Anthony. — Vou provar. Saca só. — Então ele faz um som que penso serem palavras, mas é difícil dizer. Tudo o que consigo captar é "E aí".

Porém, as duas garotas acham hilário. Maya, A Segunda, diz que ama o sotaque — Anthony é "sério, tipo, *real*, sabe?".

— É, mas ainda assim — diz a Flautista Capilar. — Jamais conheci um cara de Bensonhurst que se vestisse assim.

— Eu gosto. — Maya, A Segunda, bate no braço dele outra vez, esse gesto tão versátil e cheio de nuances. — Garoto do Brooklyn um pouco engomadinho. Forte e engomadinho. — Então ela toma ar e para de se balançar. — *Fortinho*!

A Flautista Capilar arfa.

— Amei!

— Né?!

Anthony sorri para elas.

— Não, você está certa. Esse não é meu sotaque, não de verdade. Mas eu juro que sou mesmo de Bensonhurst. — Então ele me nota. — Ei, meninas, querem ouvir um sotaque *de verdade*? Escutem só. Charlotte...

Ele acena para mim, e tem alguma coisa na expressão das meninas que me faz querer não me aproximar. Mas eu vou.

— Essas são Bianca — ele aponta para a Flautista Capilar, então para Maya, A Segunda — e Ashley.

As duas garotas me analisam totalmente, dos pés à cabeça, durante a fração de segundo que param de admirar Anthony para me olhar. Elas devem ter chegado à conclusão de que não sou um perigo. Por mais irritante que pareça, também fico um pouco desapontada.

— Fale alguma coisa. — Anthony está olhando para mim, mas com a mesma expressão que faço para Rocky quando quero mostrar às pessoas que ele sabe fazer "sim" ou "não" com a cabeça.

— Que tipo de coisas? — pergunto.

A única resposta que escuto é três americanos me imitando muito mal.

Os três riem das péssimas imitações, e começo a torcer para ser deportada. Se é isso que devo esperar de meu próximo ano em...

Anthony interrompe o riso por tempo suficiente para pegar Mancada.

— Quer que eu a segure, assim você pode aproveitar sua bebida?

Assim que Mancada está nos braços de Anthony, Bianca e Ashley começam a arrulhar. Não por causa da cachorra incrivelmente fofa, mas por Anthony ficar muito "adorável" ao ninar a buldogue. Elas não reagiram *de jeito algum* a Mancada quando ela estava em meu colo.

Também não deixo de notar como Anthony ficou sorrindo durante todo o tempo que passei na sala de estar, o que deve ser totalmente por causa de Bianca e Ashley. Por um segundo, sinto vontade de pegar Mancada de volta. É só disso que ele precisa? Algumas garotas gostosas mostram os dentes, dão umas piscadinhas, e seu coração não está mais partido? Ele sequer teve o coração partido? Eu era a única sentindo algo real?

Mas... era esse o ponto. Fazer com que ele superasse Maya.

Parece estar funcionando.

Bianca aponta de Anthony para mim e vice-versa.

— Então, quem é ela? Sua namorada?

— Não! — responde Anthony um pouco rápido. Um pouco *alto*.

— Vou conversar com algumas meninas da Sacred Heart — aviso a ele. — Tudo bem você ficar com Mancada?

Não espero pela resposta. Eu me viro e sigo em direção à porta da sala de estar. Então travo, minhas pernas parecendo presas ao chão, meu coração quase saindo pela boca, batendo no ritmo de dubstep o tempo todo. Genuinamente sinto que vou desmaiar ao ver o garoto ligeiramente esguio e muito pálido, vestindo um cardigã preto por cima de uma camiseta branca de alguma banda chamada The National, parado na passagem entre a sala de estar e a cozinha.

Meu ex-namorado, Colin. Ele está *aqui*.

Que maravilha, hein, Sexto Passo?!

— Você está bem, Charlotte? — Anthony desvia a atenção de Bianca e Ashley para ver por que fiquei tão esquisita de repente.

Eu me viro e o encaro, torcendo para que meu sorriso falso disfarce a careta que posso sentir repuxando minhas bochechas, mas tenho certeza de que estou só dando uma *sorriseta*.

— Uhum, ótima, só me perguntando como vou passar por todas essas pessoas na porta. Tem muita gente. Vai ser superapertado. Posso derrubar minha sidra. — E agora estou divagando!

Ele me olha com uma cara engraçada, mas Bianca e Ashley viraram-se para Mancada, e não quero distraí-lo de sua distração. Ele está seguindo em frente, a ex sendo empurrada para longe da cabeça; o que é ótimo para ele.

Abençoado seja, Anthony ignora as duas gostosas e se concentra apenas em mim, me lançando um olhar que questiona minha certeza de estar bem. Faço minha melhor cara de *Ah-estou-ótima* quando, de verdade, sei que, se minha expressão tivesse legendas, elas diriam: *Humm, não, não estou bem. Colin, o idiota que pensei em esquecer justamente vindo até aqui está* aqui, *nesta festa. Sim, claro que ele é o cara de jeans skinny, como você sabe? Eu estou pirando muito, muito mesmo, e eu meio que quero sair desta festa agora, mas também consigo perceber que você está se divertindo, e não sei por que, mas não gosto disso. É uma sobrecarga emocional gigante e não sei se é meu coração ou minha cabeça que vai explodir primeiro!*

Meu Deus, falo demais até em minha cabeça!

Mas não digo nada disso. Em vez disso, continuo dando sorrisetas e um aceno de cabeça, então me viro para a porta. Colin saiu de lá. Vou até a cozinha — misericordiosamente, Colin não está lá (deve ter se juntado à multidão da porta da frente). Deixo minha sidra intocada na bancada, então me apoio no balcão na parede mais afastada, tentando me recompor. Só então, graças a essa sobrecarga emocional, percebo que vinha me saindo muito bem nessas últimas horas. A distração meio que funcionou, mas não vai dar certo agora que estou dividindo espaço físico com ele.

O que ele está fazendo aqui, aliás? Essa festa é *mainstream* demais. Acho que a música flutuando da sala de estar é uma canção de James Bay, o que deve estar causando urticária em Colin, ou algo do tipo. Além disso, não lembro de vê-lo falando com Katie na escola, tipo, nunca, então por que ele sequer seria convidado?

Mas, na verdade, a única coisa que me ocorre é nosso último encontro. Foi há uma semana, na escola, no último dia do semestre — uma semana depois que ele me deu um pé na bunda.

Eu estava parada em frente ao armário, me sentindo frustrada por ter esquecido o que estava fazendo ali — talvez um Eu Alternativo tenha acordado do que imagino ter sido um sonho muito chato —, e extremamente irritada com o tinir e bater da porta de todos os armários no corredor. Eu estivera em aula durante toda a manhã, mas seja lá o que tenha aprendido, já tinha esquecido, porque a única coisa na qual era capaz de me concentrar era a imagem de Colin me dizendo que precisava sentir *paixão* pela garota com quem estava. A cada vez que repassava essa cena na cabeça, voltava ao começo, e, quanto mais fazia aquilo, pior essa frase de término soava. Não podia evitar reescrever a cena como uma na qual ele realmente *explicaria* o que queria dizer:

— Só preciso sentir entusiasmo. Tipo, o tempo inteiro. Constantemente. Todos os dias. E nunca senti isso com você, Charlotte. Eu tentei. E acredite em mim, eu tentei *mesmo*, mas não sinto. Você é como uma vela pequenina, mas preciso de *fogo* de verdade. Sabe?

Já fazia tempo que estava no meio de uma terceira recapitulação daquele momento — relembrando-mas-na-verdade--imaginando (*remaginando*) sua comparação de minha pessoa a uma aridez branca, e não um tornado — quando percebi, ah, meu Deus, Colin vindo em minha direção.

Descontraída e relaxada, Charlotte, disse para mim mesma. *Pareça descontraída e relaxada.*

Ele parou logo a minha frente, enfiando as mãos nos bolsos da calça jeans, dando de ombros e olhando para os armários.

— Ei, Charm — cumprimentou ele.

Eu gostaria que ele não usasse o apelido que tinha me dado apenas uma semana antes de me dar o fora. Ao mesmo tempo, senti um frio gostoso na barriga; se ele ainda usava o apelido, então talvez...

— Você volta para a Inglaterra amanhã? — perguntou para o armário.

— Não... não...

Havia tão mais nessa resposta, mas tudo o que eu queria dizer fugiu para a frente de meu cérebro, tudo ao mesmo tempo. Pensamentos e sentimentos atropelaram uns aos outros, logo antes de chegarem à ponta da língua, me deixando ali, parada feito uma idiota, tentando parecer relaxada e descontraída, e passando longe de conseguir. Se havia uma coisa que aquela conversa não era, era descontraída e relaxada.

Bem, honestamente, não era verdade — *Colin* com certeza estava relaxado e descontraído. Ele continuou olhando para o armário enquanto disse que havia algo que gostaria de me perguntar.

Ele vai me pedir para voltar, pensei. *É por isso que perguntou quando vou embora. Ele está percebendo o que isso significa. Está pirando porque nunca mais vai me ver. Ok, você consegue superar isso, Charm. Só não pareça* tão *aliviada quando ele perguntar. Você precisa fazer um suspense, deixar ele suando frio, fazer com que ele perceba que você não* precisa *voltar com ele. Você não precisa...*

— Você terminou *Graça Infinita*? Posso pegar de volta?

Eu o encarei, a boca secando. Eu me perguntei, seria possível me enfiar nos armários? Nós não tínhamos armários na Inglaterra, mas as séries de TV dos Estados Unidos sempre mostravam as crianças que sofriam bullying sendo enfiadas dentro dos armários. Mas deviam ser garotos supermagros, porque eu teria que deslocar algumas articulações se quisesse ter qualquer chance de caber em um daqueles.

À medida que Colin me olhava, minha raiva e dor se juntavam, criando um tipo de enjoo no estômago. Não conseguia decidir se chorava, gritava ou vomitava. Passara uma semana desde que ele partiu meu coração, e a única coisa que ele tinha para me falar era sobre o livro que queria de volta — um livro que ele dizia que amava, mas dava para ver que jamais lera.

— Claro — respondi. Era a minha vez de encarar o armário. — Eu levo para você.

— Não precisa levar em minha casa ou coisa assim — disse ele. Um pouco rápido demais. — Não acho que seria uma boa ideia para nenhum de nós. Em especial para você.

— Hein?

— Bem, é, porque... você ainda parece um pouco emotiva. Só... não sei, deixe com uma das meninas. Elas podem me entregar depois do feriado. A gente se vê por aí, ok?

É, ele realmente disse que me via "por aí", como se a gente tivesse alguma chance de se esbarrar pela rua qualquer dia desses. Mas o que mais doeu foi o que ele fez em seguida. Ele começou a se afastar, então parou longe o bastante apenas para dizer:

— Eu me diverti.

Então deu outro passo, parou e se virou de novo:

— Foi divertido.

Mais um passo, mais uma parada.

— *Você* foi divertida.

Ok, só houve um passo, só uma pausa. Ele disse que se divertiu e foi embora. Mas agora, parada na cozinha do apartamento da prima de Katie, uma festa acontecendo ao meu redor, estou reimaginando a última vez que vi meu ex-namorado, tornando sua partida mais cruel, o rosto mais frio, porque...

Porque o quê? Porque estou com medo de aceitar que fui apenas isso. Diversão. Pensei que ele me amava. Eu *sei* que o amava. Sinto uma fúria forte e ardente no peito, como se tivesse enchido a boca de espinhos e engolido, enquanto me pergunto — por que levou duas semanas para que eu aceitasse "diversão" como uma coisa *tão* merda a se dizer?

Escuto o barulho de saltos contra o linóleo. Katie tropeça na cozinha, parando para se apoiar na geladeira. Ela está quase convencendo com a cara de *não-estou-tão-bêbada*. Ela me olha e franze a sobrancelha.

— Você não tem um cachorro?

— Meu amigo está com ela. — Penso em beber a sidra de um só gole, mas qual seria o ponto? O álcool não pode expulsar os espinhos de meu peito, não pode apagar a memória de Colin e o que ele me disse.

— E aí? — Katie começa a se afastar da geladeira, então reconsidera. — Você parece um pouco estressada.

— Não é nada — digo. — Eu só... — *Se eu contar, vou estar falando sobre ele, então vou fracassar no Sexto Passo.* Mas preciso contar a alguém. — Fiquei esquisita quando vi... Colin.

Fracassei.

Agora Katie se afasta da geladeira, seus olhos alertas e sóbrios.

— Ele está aqui? Onde?

— Não sei. No corredor, acho. Sabe, você poderia ter me avisado que o convidou.

E que *cara* é essa? Ela está... empolgada porque Colin está aqui?

— Ah, vamos lá, querida. Sei que deve ser meio esquisito dar de cara com alguém com quem você estava ficando, mas não *precisa* ser.

Sei que começo a pirar quando me dou conta de que o botão *mudo* de minha cabeça está ligado, a música que eu escutava ao fundo de repente silenciou. Por um momento, o único som que escuto é a voz de Katie, duas palavras ecoando em minha mente.

... estava ficando...

Eu pensei que ele me amava, grito dentro de meu cérebro. Mas, antes que as palavras possam escapar para fora de meus lábios, capto o fim da frase de Katie.

— ... além disso, você trouxe um cara para a festa, então você claramente já superou.

Meu único som é um suspiro indignado, e, antes que eu consiga formar as palavras, Colin parece se materializar, passando por mim sem que eu perceba, pegando Katie pela mão e puxando-a para um beijo intenso, firme, *apaixonado*.

Ah, meu Deus. Qualquer sonolência devido à sidra evapora em segundos, e sinto que me afundaram em água fria.

Solto um segundo suspiro indignado, e Colin para no meio do beijo, os lábios ainda colados aos de Katie ao virar a cabeça. Ele olha para mim e se afasta da garota, como se tivesse tomado um choque com sua língua.

Ele observa o chão por um segundo, assente para si mesmo e olha para trás. Ele cutuca a ponta do nariz de Katie com o dedo, carinhoso e possessivo.

— Preciso falar com Charlotte — diz a ela, acenando para que eu o siga pelos fundos da cozinha até a varanda.

Não *quero* segui-lo. Ele não pretende voltar para mim. Mesmo se eu não tivesse visto os dois juntos, ele deixou isso bem claro nos armários, semana passada. Mas, mesmo assim, me vejo meio que *querendo* saber o que ele tem a dizer.

E quando vejo que Katie tenta — mas falha — manter o sorriso desorientado no rosto, acho que mesmo lá fora, no frio, com ele, é melhor que estar naquela cozinha dos infernos.

Então, eu o sigo até a varanda. É uma área pequena, e a mesinha nos obriga a ficar próximos, lado a lado, esticando o pescoço para nos vermos enquanto olhamos para a Broadway. O trânsito flui preguiçosamente, a neve cai preguiçosamente. É meio bonito, mas também frio de doer. Enrolo meu cachecol e fecho a jaqueta de couro.

— Gosto disso — diz ele, gesticulando para meu novo visual. Sinto meu peito se aquecer e desejo não ter sentido. Ele não consegue mais fazer com que eu me sinta bem. — Mas, falando sério, o que você ainda faz aqui? Pensei que você ia para casa ontem.

— Era hoje, na verdade — corrijo. Céus, ele realmente não sabia quando eu estaria voltando para casa. Alguma vez tinha me escutado? — Mas meu voo foi cancelado, então estou presa na cidade.

Ele faz uma expressão de dor, como se realmente sentisse muita, muita pena de mim. Estou surpresa por ele não se aproximar e acariciar meu cabelo, me confortando. Estou irritada por perceber que meio que gostaria disso.

— Você está presa em Nova York, sim. Mas não está presa em uma festa na qual sabia que me encontraria. Você *escolheu* vir aqui.

É a terceira vez que solto o mesmo suspiro indignado. Está começando a me irritar porque não quero voltar a ser a Charlotte Inglesa em tempo integral até estar realmente de volta à Inglaterra.

— Eu *não* sabia que você estaria aqui. Se soubesse, acredite em mim, não teria chegado nem perto...

— Isso não é *saudável*, Charlotte. É difícil manter uma conexão a um oceano de distância. Você tem que começar a superar. Quero dizer, já faz duas semanas. De quanto tempo você precisa?

Quanto tempo eu preciso? Ele realmente acha que duas semanas são tempo suficiente para superar não apenas um relacionamento, mas também a perda do futuro que eu imaginava? Onde estava o garoto que furou a fila no refeitório para que pudéssemos sentar juntos? Que falava pouco quando almoçávamos porque ele "só queria ouvir" minha voz? Que me comprou bloquinhos de anotações simples, mas elegantes?

O garoto que correu atrás de mim no início do semestre fora abduzido e substituído por um imbecil arrogante e distante — a expressão de desejo e interesse com a qual costumava me olhar havia sido substituída por uma careta, sinalizando a grande inconveniência, para ele, de tudo o que está acontecendo.

Mas por que ainda quero que ele se aproxime e me toque?

Sei que deveria dar um fim à conversa agora mesmo. Não está levando a lugar algum e, na verdade, pode resultar na transformação de minha História em alguma espécie de comédia patética, que termina comigo no tribunal por atacar esse imbecil, o juiz rindo enquanto escuta como, entre todas as coisas, eu o derrubei da varanda com minha ecobag. Por um lado, não tenho certeza se vão permitir um laptop na prisão.

Colin recomeça a falar.

— Passei um mês tentando mostrar que não era sério. Bem, não para mim. Estávamos curtindo por alguns meses enquanto você estava aqui. Sempre soube que voltaria para casa, então não era nenhum tipo de para sempre, sabe?

— Eu devia estar sonâmbula quando a gente "decidiu" isso.

Ele está começando a se agitar. Sei disso porque ele tirou o gorro da cabeça.

— Achei que você tinha entendido. Achei que estava, tipo, de boa.

— E *eu* achei que a gente se amava.

Ele me lança um olhar como se, de repente, eu tivesse começado a falar élfico, e acho que devo ser a maior idiota na história dos idiotas por vir aqui fora quando deveria ter continuado na cozinha — ou voltado para a sala de estar e mandado Anthony parar de conversar com as duas meninas sedutoras e me tirar daquele apartamento. Mas agora já era. Já me humilhei e preciso terminar esse haraquiri em forma de conversa.

— Bem, isso foi o que *você* disse, de qualquer forma. Quer queira ou não...

— Eu *nunca* disse que te amava. — Ele foi tão veemente quanto Anthony havia sido ao deixar claro para Bianca e Ashley que não estávamos juntos. O que é isso: sou inconcebível? É assim com todo mundo ou só com os garotos de Nova York?

— Você disse. — Eu me obrigo a manter contato visual. — No chafariz, Lincoln Center...

— Não. Você disse que *me* amava, mas eu *jamais* respondi.

Ok, agora ele só está reescrevendo a história. Mas *eu* lembro claramente. Nossa primeira vez na cidade: nós estávamos namorando — *não* "ficando" — por quase um mês, e eu pedi que ele me levasse ao Lincoln Center. Eu torci para que ele não descobrisse que só queria ir até lá por causa de *A escolha perfeita*. Lembro de pensar que eu era uma boba por ter ficado empolgada ao ver o chafariz pela primeira vez, praticamente arrastando Colin pelos degraus enquanto corria feito uma criancinha, costurando em meio aos turistas, arruinando pelo menos umas três fotos.

Ele estava rindo naquele dia, quando chegamos ao chafariz. Lembro com muita clareza, assim como me lembro dos jatos suaves dos arcos de água. A perplexidade de que alguém poderia abrir espaço em Manhattan — aquela Manhattan apertada, apinhada e atravancada — para essa linda confusão feita de vidro e pedra que circundava o chafariz e o pátio em três lados. Como, se você virasse de costas para a Columbus Avenue, de algum jeito o barulho do trânsito simplesmente desaparecia...

Eu me apaixonei tanto por Nova York naquele momento, e me apaixonei tanto por Colin que as palavras saíram de minha boca antes mesmo que eu conseguisse entrelaçar nossos dedos.

— Amo tudo isso — confessei. — E amo você.

E ele disse...

— É...

É.

Ah, cacete. Eu *não* lembro de ter ouvido a resposta. Eu devo ter reimaginado isso, por que como seria possível eu me apaixonar por alguém que não estava apaixonado por mim também? Não é isso que ficar — *estar* — "apaixonado" significa? "Apaixonados" feito duas pessoas que sentem paixão *uma pela outra*. Certo?

— Acho que você deveria ir embora. — O rosto de Colin, com suas linhas bem marcadas, os olhos castanhos assombrados, está sério agora. Ele não está me mandando ir embora para meu próprio bem, está me mandando ir embora porque, segundo ele mesmo: — É a pior ideia do mundo ficarmos perto um do outro agora. E já que essa é a festa de Katie, uma festa para qual fui convidado há semanas, não é justo com ela se *eu* for. Realmente não quero desapontá-la.

Os espinhos em meu peito começam a se retorcer, e sinto que posso vomitar em cima de Colin. Tudo bem, ele não correspondia a meu amor, mas precisava falar tão abertamente sobre suas prioridades no momento? Ele estava *tentando* me machucar? *Eu não mereço isso!*

— Algum problema?

Anthony está aqui... e deixando transparecer um pouco do sotaque do Brooklyn que tinha empostado para Bianca e Ashley. Está parado na soleira da porta — ele deve ser meio--ninja para ter se enfiado ali sem fazer barulho — com uma

Mancada sonolenta nos braços, encarando Colin com uma expressão vazia.

Colin me olha.

— Quem é esse cara?

Por onde eu começo? Felizmente, Anthony tem tudo sob controle.

— Essa não é a resposta para minha pergunta. Tudo o que quero saber é: você está incomodando minha amiga?

— Incomodando sua... — Colin me olha, tipo: *Do que ele está falando?*

Apenas dou de ombros, o sentimento espinhoso em meu peito começando a desaparecer um pouco. Estou curiosa para ver o que vai acontecer.

Colin zomba, colocando o gorro de volta na cabeça; o equivalente *hipster* de um gesto poderoso.

— Não estou incomodando ninguém, ok? Se for assim, é ela quem está me incomodando. Mas tudo bem, porque Charlotte já estava indo embora.

— Não acho que ela estava — rebate Anthony. — Além disso, eu estou me divertindo e, mais importante ainda, minha cachorra também.

Nós três olhamos para Mancada, cujo nariz se contrai ao roncar alto. Eu quase rio, apesar de meu desconforto e do peito pesado.

Agora Colin olha para Anthony.

— Kseja. — Argh, esqueci como ele destruía "que seja". Lá se vai meu sorriso. — De qualquer forma, dane-se. Eu e Charlotte já tínhamos concordado que ela iria embora.

Nós tínhamos?

Anthony balança a cabeça.

— Duvido muito.

Colin me olha para intervir.

— Qual o problema desse cara?

Mordo o interior das bochechas para evitar sorrir e mostrar a Colin o quanto, de repente, estou me divertindo com isso.

— Parece que é você.

Colin literalmente bate o pé.

— Quer saber? Cansei disso. Vocês deveriam ir embora antes de estragar a festa de todo mundo.

Mancada está se mexendo, e Anthony lhe acaricia a cabeça distraidamente. Deveria soar completamente ridículo, mas, de algum jeito, isso só o faz parecer ainda mais no controle da conversa.

— Não estou com vontade de ir a lugar algum — diz ele. — E, de onde venho, as pessoas só vão embora de um lugar quando alguém as obriga. Vai fazer isso?

— Isso é tão primitivo! — A voz de Colin é um chiado, e ele parece cogitar uma fuga se o caminho não passasse por Anthony. — Você está mesmo recorrendo a ameaças, cara?

— Quem fez alguma ameaça?

Pego a mão de Anthony, fechando meus dedos ao redor da palma, e, por um segundo, curto a expressão de Colin ao pensar: *Ei, ela está* com *esse cara?*

— Vamos, hora de ir.

Pela primeira vez desde que chegou ali, Anthony para de encarar Colin e olha para mim. De perto, me sinto aliviada ao ver que ele realmente parece no controle, não apenas fingindo.

— Tem certeza? — pergunta.

Mantenho minha voz baixa porque — por algum motivo — quero que só Anthony escute essa próxima parte.

— *Tenho*. Por mim já chega.

Ele aperta minha mão. Voltamos à festa sem dirigir uma palavra a mais a Colin, sem sequer cumprimentar Bianca e Ashley ao passarmos por elas na cozinha. Estou me sentindo bem, como se tivesse esvaziado meu coração, tirado o lixo que tinha que ter colocado para fora duas semanas atrás. Um lixo que não deveria ter recolhido, em primeiro lugar.

À medida que andamos, ainda de mãos dadas, descendo quatro lances de escadas até chegarmos ao nível da rua, de certa forma estou me sentindo mais limpa por dentro. Mais livre, mais leve...

*

Cerca de três minutos depois, estou chorando na 116th Street.

— Desculpe — digo a Anthony, enquanto ele tira a neve de um pilar e faz um gesto para que eu me sente. Ele se planta a meu lado e aperta minha mão. Ele não a soltou desde a varanda.

— Está tudo bem, sério — sussurra.

Sem pensar, apoio minha cabeça em seu ombro, e algo no conforto proporcionado por esse gesto me faz relaxar o bastante para começar a chorar em seu casaco. Mancada se revira em meus braços, chorando e escalando meu peito, desesperada, porque parece muito importante para ela dar umas lambidas em meu rosto.

Na verdade, até fazem com que me sinta um pouco melhor.

— Ela se preocupa com você. — Posso ouvir o sorriso na voz de Anthony. Sinto quando ele muda levemente de posição, a cabeça virando-se para a minha, o nariz roçando meu cabelo.

Ao se dar conta disso, o braço que está contra o meu se enrijece. Ele afasta a cabeça de mim ao sussurrar:

— Eu também.

Fico vermelha, mas acho que é só por causa do choro. Eu me ajeito para enxugar o nariz com as costas da mão, mas então paro. Estou *tão* confortável assim ao lado de um cara que conheci há menos de seis horas?

— O que foi? — pergunta Anthony.

— Só estou percebendo o quanto fui idiota — respondo, com sinceridade.

Resumo a história: Colin e eu, no chafariz do Lincoln Center, uma noite clara e não muito fria, as mãos dadas, passando pelos turistas, eu contando a ele como me sentia... dizendo que o amava.

Sinto a cabeça de Anthony assentir contra a minha.

— Mas ele não disse de volta.

— Eu achei que ele havia dito... Achei isso porque o amava, então ele tinha que me amar de volta. Sabe? — Dane-se. Eu limpo meu nariz. Fungo alto, de um jeito grosseiro. Choro mais um pouco. — Mas acho que você tinha razão no aeroporto... talvez eu não entenda o amor... talvez eu nunca te-te...

Eu paro de falar, porque, se não fizer isso, provavelmente vou soluçar. Ranjo os dentes, fazendo aquele som de engolir um suspiro que a gente faz quando está prendendo um uivo. Se Anthony não tivesse soltado minha mão e passado o braço a meu redor como um gancho nesse momento, acho que eu realmente teria deixado rolar, teria começado a chorar de verdade, com os ombros sacudindo e tudo mais. Estou quase orgulhosa de mim mesma por ter conseguido ficar nas simples fungadas e lágrimas solitárias — uma forma respeitável de pranto. Mancada apenas se afunda na curva de meu braço, e eu a aperto como se estivesse sugando sua força.

Esse deve ser o abraço coletivo mais bizarro já visto no Upper West Side.

Anthony — abençoado seja — me dá um longo minuto para me recompor. Quando me acalmo, ele diz:

— Escute, o que quer que seja, o que quer que você esteja tentando... sei lá, segurar... não faça. Você tem 17 anos. Tudo bem chorar quando tem um motivo.

Gostaria que ele não tivesse dito isso. A autorização abre um pouco mais as comportas, e eu apoio meu rosto na mão livre, sentindo trilhas de lágrimas e muco rapidamente correrem pelo pulso. Anthony me segura contra ele, mais forte. Meu coração ainda está doendo, mas uma tranquilidade suave me invade ao mesmo tempo, uma calma suficiente para me fazer admitir algo.

— Acho que não deveria ter criado um roteiro de minha História em Nova York.

Ele fala contra meu cabelo.

— Como assim?

Fungada. Fungada. Suspiro.

— Quero dizer... eu vim para cá com a História já escrita na cabeça. Eu viveria a melhor temporada de todas, porque poderia ser eu, ou uma versão de mim que não posso ser em casa. E ao ser esse "eu", eu iria — sinto como se pudesse literalmente sufocar com as próximas palavras — atrair alguém. Fracassei nesse quesito durante todo o colégio, mas tinha me convencido de que o problema não estava em mim, o problema era que eu não pertencia à Inglaterra. Só precisava estar em algum lugar em que pertencesse, e então alguém ia me *entender*. Agora, me sinto uma idiota, porque, se não tivesse ficado tão envolvida no que eu imaginava que *ia* acontecer, talvez tivesse prestado mais atenção ao que estava *acontecendo*. Mas essa sou eu, acho... nunca na hora certa, nunca agindo por impulso.

— E é por isso que você quer ser impulsiva hoje?

Eu rio, esperando que ele não note as manchas de saliva que salpicam seu casaco.

— Deplorável, né? Só consigo ser impulsiva quando sei que não haverá quase nenhuma consequência.

Seus dedos rapidamente apertam meu ombro duas vezes — um gesto encorajador e reconfortante.

— Não faça tão pouco caso de si mesma. Aquela decisão impulsiva de não ir para o hotel a prendeu em Manhattan no meio da noite, e, no momento, você está correndo o risco de ter hipotermia por ficar sentada tanto tempo. Eu diria que isso é uma consequência.

— É, acho que sim...

Caímos em silêncio por alguns segundos, até que Anthony me pergunta:

— Você realmente acha que não se encaixa na Inglaterra?

— Não sei — admito. — Estou começando a pensar, talvez não seja tanto o não me encaixar. Acho que tem mais a ver com... — Dou de ombros, para mostrar que ao menos sei que o que estou prestes a dizer é meio patético, e até um pouco egoísta, de um jeito infantil. — Acho que parte de mim quer mais.

— Não devia se sentir mal por isso.

Eu me afasto, assim posso olhar para ele. Ele mantém as mãos em mim.

— Então, e agora? — pergunto. — Vamos ao próximo passo?

— Sabe, estava pensando que talvez a gente devesse dar um tempo no livro. Na verdade... — Ele se afasta, mas mantém os braços a meu redor. Olha para mim dos pés à cabeça. — Não acho que a gente precise de um tempo. Acho que precisamos reiniciar. Quero dizer, você está maravilhosa nessa roupa, mas...

Ele desvia o olhar e morde o lábio inferior. Vendo Anthony assim tão tímido logo depois de ter intimidado meu ex-namorado, transformando o cara em um idiota nervoso e chorão, é um pouco perturbador.

Eu me aproximo, me amaldiçoando por ainda estar fungando.

— O quê?

Seus lábios se contraem em um sorriso pesaroso. Ele balança a cabeça, como se não acreditasse no que está prestes a dizer.

— Eu só ia te dizer, na verdade, que eu acho que gosto mais de seu visual original. Agora que eu a conheci um pouco melhor, parece mais... você, eu acho.

Olho para mim mesma e concordo.

— É, acho que não fiz justiça ao visual de garota durona. Tudo bem... vamos reiniciar, então.

Olho para um lado e para o outro da 116th Street.

— Já passa das nove em uma véspera de Natal. Está tudo fechado, certo? Onde podemos nos trocar?

— Acho que podemos ir a um bar. São basicamente os únicos lugares abertos.

Eu paro.

— Sou menor de idade, até na Inglaterra. E você também.

Ele me solta para alcançar o bolso. Tira uma carteira de motorista e me mostra. É uma foto recente, mas a carteira *diz* que já tem uns dois anos, e que Anthony tem 23, quase 24.

Estou impressionada.

— Essa parece *muito* mais convincente que as que vi na Sacred Heart.

— Conheço um cara. — É a única explicação que me dá.

— Bom para você, mas eu só tenho meu passaporte e com minha data de nascimento *de verdade*.

— O lugar em que estou pensando não pede documento de garotas bonitas. — Ele devolve a identidade ao bolso, mantém o braço junto à lateral do corpo. Estou mais consciente dessa ausência do que deveria.

— Podemos ir a um bar — digo. — Mas não tenho certeza se álcool é a melhor ideia para mim agora. Não depois... — Eu hesito porque, droga, não preciso fracassar ainda mais no Sexto Passo.

— Com certeza. — Ele levanta e sacode um pouco de neve dos ombros. — Tudo o que eu quero é ficar em algum lugar quentinho. Nós podemos beber alguma coisa, nos recompor e então continuar os passos. — Ele estende a mão.

Troco Mancada de lado, assim não seguro sua mão com a que esfreguei o nariz.

— Para onde estamos indo?

— Para meu bar favorito.

~~6. PASSE 24 HORAS SEM TOCAR NO NOME DE SEU EX~~

(Mais ou menos).

CAPÍTULO SEIS

ANTHONY

21H35

A maior parte de Hell's Kitchen foi gentrificada o suficiente para precisar de uma repaginada, mas as ruas atrás de Port Authority ainda fazem jus ao nome. Por causa disso, permaneço perto de Charlotte de forma protetora enquanto andamos pela 40th Street, forçando meu braço a não escorregar em seus ombros, trazendo-a para perto mim. *Ela não é Maya, ela não é minha namorada, ela não é nada...*

Bem, isso não é realmente verdade. Nada ela não é. Não sei o que ela *é*, mas nada é o que não é. E é bom sentir isso de novo — a proximidade de alguém que *quer* estar perto de você. Não me lembro da última vez que me senti assim com Maya.

— Sei que você disse que o lugar era uma espelunca — diz Charlotte, assim que a placa de neon azul entra no campo de visão. — Mas eu deveria fazer alguma coisa com nossa cachorrinha?

— É, provavelmente é uma boa ideia escondê-la — respondo, e, enquanto Charlotte briga e enfia Mancada dentro da bolsa, noto que ela disse "*nossa*" cachorrinha, e dá para sacar, pelo jeito que evita me olhar depois de esconder a filhote, que ela também reparou. Mas só é esquisito se realmente falarmos sobre isso, então não falamos.

Como imaginei, minha identidade falsa e a aparência de Charlotte nos fazem passar pelo segurança — muito mais interessado na mensagem de texto épica que está escrevendo, de qualquer forma. Charlotte abre a porta, e entramos. Não consigo não espiar o que o segurança está escrevendo. Capto ao menos duas "desculpas" e um "eu ferrei tudo e preciso viver com isso".

Ao menos *certas* pessoas que traem realmente se sentem mal por isso.

O Ice Bar não só é uma espelunca, como também está tão morto quanto Elvis esta noite. Tem um cara magrelo — talvez na casa dos 30 anos — sentado na pose clássica cotovelos-no-balcão, cabeça-acima-do-uísque, que me surpreendo em ver na vida real. Em uma mesa nos fundos, uma mulher de 40 e poucos (que pode ser gótica, mas também pode ser só a luz do lugar) encara duas taças de vinho à frente. A dela está meio cheia, a outra está vazia, como se quem quer que estivesse com ela mais cedo tivesse bebido tudo e ido embora rapidinho. Brutal.

Em outra mesa, um cara de porte atlético está passando as fotos no celular, demorando um segundo em cada uma, então seguindo para a próxima. Atrás dele, um casal de 20 e poucos — um daqueles irritantemente perfeitos, os dois tão bonitos que começam a parecer irmãos — então sentados frente a frente, dando as mãos de forma hesitante e encarando a mesa. Um término em andamento. Bing Crosby termina uma canção sobre estar em casa no Natal, mas isso parece um problema para todos aqui. Charlotte não pode ir para casa, e todos os outros — eu, inclusive — provavelmente estão evitando isso.

— Não tenho certeza se esse lugar vai melhorar nosso humor — murmura Charlotte.

Dou de ombros.

— Bem, ao menos podemos nos consolar com o fato de estarmos nos saindo melhor que a maioria dos presentes.

— Talvez — murmura ela, dando de ombros.

Digo que podemos nos esgueirar até o banheiro e trocar de roupa; se o lugar ainda estiver morto quando terminarmos, damos o fora.

Ela concorda enquanto Bing abre caminho para "Last Christmas", de George Michael, e percebo como essa pode, totalmente, ser minha música no *próximo* Natal. A diferença é que Maya não só jogou fora meu coração — no dia seguinte —, mas também viu o quão longe conseguiria atirá-lo. Emocionalmente falando, a garota tem um braço forte.

Capto o olhar de Charlotte e posso dizer, pelo leve sorriso em seu rosto — metade dor, metade humor —, que ela está pensando o mesmo que eu. *De todas as músicas que poderiam tocar quando entramos...*

Olho para ela.

— Te encontro aqui?

Charlotte assente, e nos dirigimos aos banheiros, assustadoramente imaculados para um bar que, por outro lado, parece ter sobrevivido a uma guerra nuclear. A primeira vez que entrei nesse banheiro foi quando eu e Tom, meu colega de faculdade, testávamos nossas identidades falsas. Eu já havia tomado algumas cervejas no momento que decidi ir ao banheiro, então pirei, pensando ter entrado no banheiro feminino (já que eles supostamente são muito melhores) ou em um bar totalmente diferente. Tom ficou preocupado porque eu demorei uns cinco minutos para sair.

Troquei de roupa rápido, me preocupando em dobrar cuidadosamente as roupas da Macy's, embora talvez eu não acredite tanto em nossas chances de devolvê-las, como disse a Charlotte. Bem, *minhas* chances de devolvê-las, lembro a mim mesmo, porque sou eu quem ainda vai estar aqui para fazer a viagem de volta à loja. Ela vai para casa — para o Natal — amanhã.

Assim que me troco, enfio as roupas dobradas de volta na mochila e me olho no espelho, me perguntando *Que diabos estou pensando, trazendo uma boa menina ao Ice Bar?*

Mas meu estômago não se revira de preocupação com a possibilidade de voltar lá e Charlotte já ter dado o fora. Isso é estranho. Quero dizer, eu não me importo com o que ela pensa? Levei Maya a lugares mais chiques que esse e passei metade do tempo pensando que levaria um toco a qualquer momento — em especial se o lugar estivesse tão morto quanto o Ice Bar essa noite. Maya nunca aproveitaria um estabelecimento silencioso. Sempre precisava ter outras pessoas... por que assim teria mais chances de encontrar um substituto para mim? (Merda, Anthony, supere). Mas não estou em pânico pelo que Charlotte pensa da espelunca em Hell's Kitchen.

Acho que estou confortável desse jeito com ela.

Charlotte já está no bar quando eu retorno, mais uma vez usando as roupas que vestia quando nos encontramos. Definitivamente combinam mais com ela, mas como eu demorei mais para me trocar que uma garota? Quanto *tempo* fiquei encarando meu reflexo no espelho? Ela pegou um lugar a três banquinhos de distância do garoto curvado por cima do copo de uísque, Mancada dorme no chão a seu lado, dentro da ecobag. Instintivamente coloco meu corpo entre os dois, embora não saiba do que, exatamente, estou tentando protegê-la.

— Quer uma Coca ou algo assim? — pergunto.

Ela balança a cabeça, mas está sorrindo; eu me sinto tão animado com isso — depois de ela ter choramingado menos de vinte minutos atrás — que estou preparado para comprar o que ela quiser. Exceto que não faço a menor ideia do que ela quer dizer quando fala que quer um "drinque de chapéu".

Ela morre de rir com meu olhar inocente e explica que não se trata de outra expressão britânica.

— Sabe, com uma sombrinha. Um *guarda-chuvinha.*

— Eu sei o que é uma sombrinha — digo, gesticulando para o bartender. — Foi o "chapéu" que me confundiu.

Peço uma cerveja para mim e um mojito sem álcool para Charlotte. Não vem com um guarda-chuvinha, e quando o bartender se afasta, ela faz uma careta para mim.

— Não é esse tipo de lugar — justifico.

Charlotte bate os dedos no balcão, pensando. Então pega um porta-copos, conferindo se está seco. Ela o dobra algumas vezes, aí o equilibra no topo do canudo. Ela se inclina no banquinho.

— Pronto. — Ela sorri para mim. — Já que improvisamos tanto hoje.

O guarda-chuva improvisado cai, e nós rimos, e estou prestes a fazer uma piada sobre nenhum de nós conseguir fazer algo direito hoje. Mas me contenho.

A música mudou para "Have Yourself a Merry Little Christmas".

— O que foi? — Charlotte me encara enquanto a música diminui. Ela claramente captou o olhar de desdém que sempre dou quando escuto um cover dessa música.

— Eles destruíram a música — respondo. — Os últimos versos eram para ser diferentes, e muito mais deprimentes. A letra fala sobre seguir em frente de um jeito ou de outro até que o destino nos permita ficar juntos. — Ah, merda, estou tão perto de realmente começar a cantar a música.

— Não sabia disso — diz Charlotte.

— A maioria das pessoas que faz versões dessa música atualmente muda o último verso. Acho que eles pensam que a original é triste demais, sei lá. Mas vai saber... Às vezes o Natal *é* sobre isso. Seguir de um jeito ou de outro, fazer o melhor para manter a pose quando toda a felicidade de mentira à volta só reforça como você *não* está feliz.

— É isso que sua família faz? Só segue?

— É, acho que sim. — Estou ciente de minha mão se fechando contra o copo de cerveja. Estou pensando no que Charlotte disse depois que saímos da festa, sobre como ela esperava que Nova York fosse o lugar ao qual pertencia, e o que ela disse na Washington Square, sobre a ideia de "lar", um lugar para onde ainda não quero ir agora...

Procuro refúgio na cerveja, tomando um grande gole e deixando o momento passar. Depois de uma pausa, estou confiante o suficiente para encarar Charlotte de novo, mas ela está me olhando com o que parece pena, porque acho que ela já ligou os pauzinhos. Então vejo sua mão começar a se mexer.

Ela está esticando-a para mim. Até meu rosto. Charlotte está dando o primeiro passo? Nem sei o que quero se ela fizer isso. Mas preciso descobrir, porque algo talvez esteja prestes a acontecer...

Ela limpa a ponta de meu nariz.

— Espuma de cerveja — explica.

Nós rimos, embora eu também possa sentir essa estranha tensão no peito começando a desaparecer. Estou... desapontado?

O momento é meio que destruído por uma fungada alta e forte. Olho para baixo, para onde Mancada está deitada, pensando que talvez esteja doente ou coisa assim, mas ela ainda está dormindo, roncando.

Charlotte se inclina e olha para trás de mim, mais à frente no bar, então faz uma careta.

— Acho que isso prova o que você estava dizendo — sussurra para mim. — Natal é a época de seguir de um jeito ou de outro.

Eu me viro e observo. O cara a três bancos de distância, curvado sob o uísque, não é apenas um bêbado melancólico e triste. Ele está enxugando os olhos e o nariz com os dedos. Os ombros tremem, como se estivesse sendo eletrocutado aos poucos.

Charlotte e eu compartilhamos uma careta. Tenho a sensação de que nós dois também nos sentimos um pouco assim. Então pergunto a Charlotte o que ela quer fazer a seguir. Depois de terminarmos aqui, ela quer voltar ao aeroporto?

Ela franze as sobrancelhas para mim por cima de seu drinque sem álcool.

— E os passos? Só completamos... — Ela olha para o teto, marcando-os mentalmente. Tento não encarar aquelas covinhas e me perguntar porque elas atraem minha atenção daquele jeito. — Cinco. Isso é só metade.

— Bem, achei que você tinha desistido do livro. Aquele último passo meio que explodiu em nossa cara.

Ela quase espirra mojito em cima de mim.

— Você *acha*? — Ela abaixa o drinque, procurando por um guardanapo. Não vê nenhum. Dá de ombros e enxuga a boca com as costas da mão. Algo que Maya nunca faria, ao menos, não na minha frente. — Mas eu meio que estava curtindo até a festa. E, além disso, ainda tenho várias horas para matar antes do voo. Prefiro passá-las vendo o máximo que posso da cidade em vez de mofar no aeroporto, pensando sobre um certo bacoco.

Eu rio.

— Por favor, continue com seus xingamentos britânicos! Eles não fazem o menor sentido, mas estou amando.

Ela se inclina, sorrindo.

— Bacoco, parvo, gajo, lorpa, toleirão, palerma, calhorda...

— Certo, agora você só está falando coisas sem sentido.

— Na verdade, não. Mas tanto faz... O que foi?

Charlotte me pergunta por que estou rindo desse jeito, mas só balanço a cabeça, decidindo não confessar como estou impressionado por ela, uma garota que foi derrubada sem dó nem piedade algumas semanas atrás — e então pisoteada há uma hora —, estar se recompondo. Ela é uma guerreira. Gosto disso.

Nós dois saltamos ao som de um punho socando o balcão, de copos tinindo. O bartender — um marombeiro alto e de ombros largos que, nota-se, aprova totalmente a camiseta preta do uniforme, porque mostra para todo mundo de quantas flexões ele é capaz — caminha até o Homem Chorão. Seu uísque deve ser trinta por cento muco agora.

— Vamos lá, Doug — diz o bartender. — Sei que está sofrendo, mas está incomodando os outros clientes.

Olho para Charlotte, pronto para sugerir que a gente dê o fora, mas ela está com *Dez passos fáceis* no colo e folheia o livro.

— Sério?

— Um segundo — pede ela, ainda virando as páginas. Então: — Ah! Sabia que eu lembrava de ter visto isso. Me fez lembrar de algo que minha mãe me disse mais cedo... — Ela vira o livro, assim consigo ver o passo que pulamos: "Faça algo por alguém que esteja pior que você".

Olho de Charlotte para Doug, O Devastado, que encara o copo de uísque como se esperasse encontrar algo que deixou cair ali dentro.

— Não sei — murmuro. — Ele deve estar bêbado demais para escutar qualquer pessoa.

— Perguntar não ofende — murmura ela de volta, devolvendo o livro para a bolsa.

Agora ela está me acotovelando para avançar em direção ao Homem Chorão — por que *eu* estou indo na frente? —, e, quando estou perto e vejo o rosto amassado, os dentes cerrados enquanto solta sua respiração acelerada, úmida, entrecortada, sei que a pergunta que estou prestes a fazer é inútil. É claro que a resposta será "não", mas não tem nenhum outro jeito de começar essa conversa.

— Você está bem?

Doug dá uma longa fungada e me encara. Limpa o nariz com a mão outra vez.

— Sim, sim. — Ele se senta de volta no banquinho, pegando o copo e brincando com o uísque. — Só tentando afogar minhas mágoas, e fracassando.

Ele entorna a bebida e devolve o copo para o balcão com gentileza — obviamente, assim o bartender vai ficar mais bonzinho quando ele pedir outra dose.

— O Doug está apenas de luto — continua ele.

Evito olhar para Charlotte, caso ela também esteja à beira de um ataque de risos. É preciso certo estímulo para falar de si mesmo na terceira pessoa.

O bartender serve outra dose a Doug.

— Já faz uma semana que você está tentando afogar as mágoas, Doug.

— Sete anos, Craig — esclarece Doug, pegando o copo cheio e então devolvendo-o ao balcão. — O Doug deu sete anos àquela mulher. Isso é 20% da vida dele. Vinte por cento do tempo dele nessa terra foi desperdiçado sendo devotado a *ela*, então ela o abandona para poder "se encontrar"? Que tipo de merda é essa?

Lanço a Charlotte um olhar *viu-onde-você-nos-meteu*, mas ela não está me olhando. Ela está se sentando no banco do outro lado de Doug, que continua com suas lamúrias:

— Vou te falar, aquela desmiolada vai se encontrar, mas esqueceu de trocar os endereços de e-mail. Entende o que estou dizendo? — Ele suspira. — O Doug não queria dizer isso. Ele só está desabafando.

— Ei — diz Charlotte, colocando a mão no ombro do sujeito. — Você vai superar tudo isso.

Isso é basicamente *vai ficar tudo bem* de um jeito que soa um pouco mais substancial, mas acho que não é tão ruim. Doug não parece convencido. Ele olha de Charlotte para mim.

— O que vocês dois sabem? Parecem um casal perfeito, aposto que nunca brigaram.

— Na verdade, nós...

Eu interrompo Charlotte. Não sei por quê.

— Ah, nós discutimos, Doug. Acredite. Mas sabe de uma coisa? Quando a gente se conheceu, nós dois tínhamos passado pelos piores términos que poderíamos imaginar.

Charlotte e eu travamos uma breve discussão com o olhar pelas costas de Doug:

Ela: *O que você está fazendo?*

Eu: *Só me acompanhe.*

Ela: *Você quer mentir para O Doug?*

Eu: *Acredite em mim, é disso que O Doug precisa agora.*

Ela: *Se você diz...*

Eu termino.

— Não conseguia imaginar seguir em frente. Achei que tinha chegado ao fim até que... Puf! Uma inglesa descolada derruba um livro em meu pé, e cá estamos. — Evito olhar para Charlotte de propósito. Talvez eu devesse ter inventado um primeiro encontro fofo. — Você nunca sabe o que pode acontecer.

— Isso aí. — Charlotte dá um tapinha no ombro dele. — Você não sabe o que está dobrando a esquina.

Os olhos de Doug se iluminam com esperança; apenas por um segundo, antes que ele balance a cabeça.

— Em toda a esquina, O Doug encontra uma rua sem saída. Tantas ruas sem saída.

Agora eu estou dando tapinhas no ombro dele.

— Então procure por uma porta. Sempre há uma saída. Sempre há um novo caminho. Mas você não pode encontrar se continuar parado, entende o que quero dizer?

Olho para Charlotte por cima do ombro de Doug outra vez. Espero que seu olhar mostre como acha que estou surtado, mas, na verdade, ela assente. Ela concorda.

Pela primeira vez esta noite, acho que nós dois talvez *realmente* vamos ficar bem... eventualmente.

O Doug está agitando o copo enquanto pondera o que eu disse. Ele apoia o copo no balcão sem tomar um gole.

— O Doug vai tirar água do joelho.

Ele levanta, cambaleia até o banheiro. Charlotte me olha com uma careta.

— Odeio essa expressão.

— Isso vindo da garota cuja palavra favorita é "parvoíce"?

Ela sorri ao deslizar para fora do banco.

— Eu não disse que é minha favorita. Minha favorita é... *Mancada!*

Enquanto imagino de que forma aquilo pode ser um xingamento para os britânicos, Charlotte dispara até onde estávamos sentados antes, agachando-se para impedir a fuga de "nosso" cachorro da ecobag.

— Volte para dentro — sussurra ela. — Vamos arrumar confusão. — Mas Mancada não está nem aí, então Charlotte checa o bar vazio e conclui que vale a pena deixar a cachorrinha livre. E daí se formos expulsos? Estávamos planejando sair cedo, de qualquer forma. Ela pega Mancada e a entrega para mim.

— Você acha que estamos o ajudando? — pergunta Charlotte, enquanto Mancada começa o lance de recuperar o tempo que perdeu sem lamber um rosto. O bartender marombeiro não parece se importar nem um pouco. Ele parece mais concentrado no celular, de um jeito que me faz pensar se está FaceTimeando consigo mesmo.

— Não sei — respondo. — Ele está meio bêbado, então não tenho certeza do quanto de nossas palavras ele absorveu. Talvez, se a gente tivesse conhecido ele dois ou três uísques atrás...

— Muito divertido como você deixou ele pensar que estávamos juntos. — Ela me encara, sem piscar, e não consigo dizer se está chateada ou ofendida ou outra coisa. Está definitivamente curiosa, talvez até um pouco confusa.

— Só fiz isso por Doug — asseguro, torcendo para que a autoconsciência me invadindo não se traduza em bochechas vermelhas. Tento não me perguntar se o tom de sua voz significa que ela jamais me considerou viável. Tipo, como se o que eu disse para Doug não fosse apenas fora do roteiro, mas também completamente inimaginável. — Você é escritora, sabe como é. Acrescente uma camada a uma história já incrível... faça-a ficar ainda melhor. Ele achar que estamos superando nossos términos é uma coisa, mas se pensar que encontramos algo melhor...

— Ele está voltando.

Doug está andando tão rápido que quase escorrega ao parar. Ele tem uma nova energia e quase quero dar a Charlotte um olhar de *eu-te-disse*, porque minha mentira super funcionou. Ou isso ou...

— Você sabe, ele andou pensando no que você disse, e O Doug acha que você tem razão, cara, ele precisa dar uma chance e seguir em frente. — Ele está falando rapidamente, enquanto se atrapalha para sacar o celular do bolso. — O Doug precisa voltar ao jogo, e olhe só o que ele encontrou na caixa de entrada! — Ele vira o celular e nos mostra um e-mail que recebeu, uma colagem espalhafatosa de vários cartões com vários casais se beijando debaixo das palavras "*BEIJE DEBAIXO DO VISCO... Encontre aquele alguém especial neste Natal!*". Uma festa de beijos com estranhos? Não, obrigado. — O Doug está recebendo esse e-mail há semanas, mas nunca prestou atenção de verdade até esta noite. E pensar que ele quase jogou essa mensagem no lixo. — Então olha para nós e faz a pergunta que eu não sabia que estava com medo de ouvir. — Querem ir?

Felizmente, Charlotte entrou no jogo.

— Mas é uma noite de solteiros, Doug. — Como se quisesse provar o ponto, ela pega minha mão. Levamos um segundo tentando entrelaçar nossos dedos corretamente, mas não somos muito bem-sucedidos. O indicador e o dedo médio de Charlotte acabam enrolados em meu polegar.

Doug não parece perceber ou se importar.

— Vamos. Por favor? Não tenho muita certeza se vou ter coragem de ir sozinho. Sou meio tímido...

Eita, o cara está falando em primeira pessoa... Agora *sei* que está sendo sincero. Mas, ainda assim, não quero ir a uma festa de solteiros. Estou prestes a dizer a ele que as garotas amam caras tímidos, mas Charlotte responde que é claro que nós vamos. Aparentemente, *adoraríamos.*

— Ah, isso é ótimo, gente, ótimo. Vou ficar te devendo.

Doug se vira de volta ao bar para terminar o uísque, enquanto me viro para Charlotte e faço um gesto para que ela volte até onde estávamos antes. Mantenho minha voz num sussurro.

— Tem certeza disso?

Ela assente para o livro despontando para fora da bolsa.

— Olhe só o Sétimo Passo.

Eu me agacho para recuperar o livro, folheio até o sétimo capítulo e descubro que agora estamos levando as coisas a outro nível.

— Fique com alguém novo.

CAPÍTULO SETE

CHARLOTTE

5. FAÇA ALGO POR ALGUÉM QUE ESTEJA PIOR QUE VOCÊ

Tomar conta de alguém que precisa de você ensina como manter sua energia positiva, mas e quando você precisa fazer um remendo de emergência no coração? Dar força para alguém em tempos de crise é uma das melhores formas de mostrar a você mesmo o quão forte realmente é.

22H10

— Dá para acreditar? — diz Doug, a voz sibilando preocupantemente. — Nunca fiz *uma* aula de break-dance.

Posso acreditar com facilidade que Doug nunca fez uma aula de break-dance. Eu acho que ele jamais chegou a *assistir* um vídeo de break-dance. Seus passos são um desastre, e a tentativa de imitar uma minhoca me faz temer por seu rosto e joelhos — por todos os ossos de seu corpo! Eu poderia dar a ele o benefício da dúvida e acreditar que é difícil dançar bem em um trem da linha 6 em movimento (o vagão estava vazio desde que entramos na Grand Central, e eu estava *muito* grata por isso), mas tenho bastante certeza de que tem mais a ver com O Doug ser simplesmente péssimo nisso.

Para o gran finale, ele segura uma das barras de ferro, enrosca uma perna em volta dela e gira. Eu *acho* que ele vai dar um giro 360, mas, em mais ou menos 155 graus, ele perde o controle e se esparrama no banco logo atrás. Anthony e eu estávamos assistindo a cena há pelo menos três estações, e eu não aguento mais, então aplaudo Doug de uma forma que deixa claro que entendi que é o fim da apresentação. Doug meio que se levanta do banco e nos faz uma pequena reverência.

— Vamos ver se as solteiras do Upper East Side resistem a *esse* gingado — diz ele, cruzando os braços e se reclinando. Escondo meu rosto atrás da cabeça de Mancada, tentando não bufar entre os pelos.

Momentos depois, saímos do trem na estação da 86th Street, Doug à frente. Ele está subindo dois degraus de cada vez, e é difícil acompanhar. Uma vez na rua, percebo que Anthony não está comigo. Ele está se arrastando pelas escadas do jeito que minha irmã Emma faz quando não quer ir para a cama.

— Qual é o problema? — pergunto. — Machucou a perna ou algo do tipo?

— Desculpe por não estar superanimado para pisar no Upper East Side — responde ele, quando chega ao mesmo nível que eu.

— Nós não estávamos no East Side mais cedo?

— Aquele era o *Lower* East Side.

— É tudo East.

Ele balança a cabeça para mim.

— Espere até ter morado aqui por um tempo. Você vai entender.

Ele fala como se minha volta fosse garantida. Preciso admitir, houve longos momentos do dia de hoje que não odiei tanto Nova York como vinha odiando desde que...

Experimentar isso com Anthony *me fez* ver tudo de uma forma diferente.

Lá pelas 22h25, Doug nos levou até uma boate chamada Smooch (Anthony achou o nome "*tão* a cara do East Side que o lugar podia muito bem ser uma barca no East River"). Minha falta de identidade também não é um problema para o segurança aqui, porque ele está muito entretido jogando Sudoku. Ele só tinha uma pergunta: tínhamos *certeza* de que queríamos entrar? Quando Doug insiste que sim, o segurança pega o dinheiro que ele oferece — ele está pagando para nós três, ao que parece — e murmura algo sobre esse ser nosso funeral.

A boate com certeza tem uma atmosfera de velório — não está tão morta quanto o Ice Bar, mas ainda assim está bem sem vida: vagamente iluminada, as paredes beges decoradas com o tipo de brocados e grinaldas de Natal que nem o Exército da Salvação aceitaria como doação. A cena toda torna ainda mais absurdo o fato da música (no momento "Take On Me", do a-ha) estourar nossos tímpanos. Mancada se contorce, e eu tenho que niná-la antes que ela tente acompanhar as notas agudas.

Conto mais ou menos uma dúzia de solteiros, a maioria acima dos 40 anos, parados e encarando o vazio. Há três "casais" em cabines na parede mais distante, se pegando como se estivessem em um avião prestes a colidir numa montanha.

Cheese ficaria no céu aqui. Não sei dizer se as pessoas estão nervosas com a ideia de se aproximar das outras, ou se eles consideraram as opções e decidiram simplesmente ser melhor *não*. O que eu sei é que eles estão abraçando as paredes, se mantendo bem longe dos viscos pendurados baixinho.

Seguimos Doug enquanto ele desliza para o bar, analisando o ambiente e assentindo.

— Mais mulheres que caras. — Ele parece tão satisfeito que eu meio que espero o ver erguendo o punho no ar.

— É sempre assim. — Uma mulher, cerca de dez anos mais velha que Doug, talvez, fala do bar, um drinque cor-de-rosa em frente a ela.

Eu cutuco Anthony, aponto para o copo da mulher e sussurro:

— Olhe só *aquele* sombreiro.

Ele só balança a cabeça para mim, mas sorri. Estou tentando fazê-lo rir, porque, embora não saiba o motivo, isso parece importante. Talvez eu esteja tentando recompensá-lo por ele ter oferecido o ombro depois da festa de Katie.

— Temos um tema aqui, como dá para ver — diz a Sra. Pink Drink. Eu percebo um crachá com o logotipo de alguma empresa preso na lapela. Acho que ela é uma das organizadoras dessa coisa. — Para sair, você deve merecer um desses. — Ela segura um cartão de visitas que tem um sino preso a ele. Tinia de forma irritante a cada movimento. — Este é seu Passe de Natal. Só isso comprova ao segurança que você pode ir embora.

— Como nós "conquistamos" um... — parece um esforço para Anthony pronunciar as palavras — ...Passe de Natal?

— Preciso que beijem alguém debaixo do visco. É tudo o que precisam fazer.

Enquanto Doug pega drinques para nós — cidras não alcoólicas —, Anthony e eu nos voltamos para as "opções".

— Gosta de alguém? — pergunto a ele.

— Parece um grupo de CDFS — murmura ele. — Teoricamente, nós deveríamos nos encaixar, não acha?

— Não estou sendo engraçadinha nem nada, mas... você já beijou alguém mais *velho* antes? Tipo, anos mais velho?

— Uhum, uma vez.

Não consigo evitar. Troco de lado e recuo um passo para que ele possa me ver encará-lo.

— Ah, meu Deus, sério? Quem? E quantos anos?

Ele sorri de novo, olha para o chão.

— Ah, não, eu vou levar essa história para o túmulo.

— Ao menos confirme ou negue se a tal tinha a mesma idade das mulheres aqui.

— Não vou dizer. — Ele ainda está sorrindo, mas seu rosto está enrubescendo.

— Sem graça.

Doug volta com os drinques. Ele comprou outro uísque para si mesmo.

— Do que vocês dois estavam falando?

— Só como nós deveríamos chegar nas pessoas — respondo sem pensar, mas é claro que Doug pergunta:

— Por que precisam chegar em alguém? Vocês têm um ao outro.

Graças a Deus por Anthony pensar rápido

— Nós achamos que pelo menos deveríamos nos misturar um pouco — esclarece ele, gesticulando com a garrafa para o salão quase vazio. — Apoio moral.

Doug nos encara por um longo instante, e eu temo que ele perceba em nossos gestos. Mas então ele começa a sorrir, quase saltando na ponta dos pés.

— Era disso que eu precisava esta noite, pessoal. Sério, não posso acreditar que fiz amigos tão bons.

Anthony dá um tapinha no ombro de Doug.

— Então é isso. Vamos lá.

7. FIQUE COM ALGUÉM NOVO

Não consegue imaginar um futuro sem seu ex? Como você pode ter certeza do amanhã se não experimentou todos os "hoje" possíveis?

*

Em poucos minutos, me encontro parada contra a parede — evitando o visco —, recebendo investidas de Rudolph, a Rena de Nariz Vermelho. Ok, ele na verdade é um cara levemente nerd, em um suéter cor de vinho e um fantoche de meia de rena, mas... ainda assim. Ele está falando via "Rudolph", e agora estou tão interessada em dar o fora daqui que penso se beijar o fantoche de meia debaixo do visco me garantiria um Passe de Natal.

— Rudolph acha você *muito sensual.* — Finalmente o Cara do Suéter fala por ele mesmo, mas há algo em seu tom, na escolha de palavras, que faz meus ombros encolherem; e faz Mancada se esticar da bolsa e rosnar. O Cara do Suéter não deve ter notado o cão antes, porque dá um passo para trás, mas Rudolph ainda está meio que se aproximando... perto o bastante para Mancada arrancar e puxar o fantoche da mão do cara com os dentes.

— Não, Mancada! — grito, quase derrubando minha bolsa enquanto tento salvar Rudolph, mas só consigo dividi-lo ao meio. Devolvo as sobras para o Cara do Suéter. — Sinto muito, muito mesmo.

Ele resgata os pedaços do fantoche de minha mão e fica ali os segurando, sem ar.

— Ah, não, Rudolph... doce e inocente Rudy...

Será piada? *Não* vou ficar por perto para ter certeza. Eu me afasto e corro até Anthony, que se afasta de uma mesa com as mãos erguidas em um gesto de rendição. Quando Mancada se aconchega em seus braços, ele usa isso como desculpa para se afastar completamente da menina com cabelo de rato — que deve ser a única pessoa de 20 e poucos anos por aqui — sentada à mesa, folheando o que parece ser um livro de viagens.

— Acho que acabei de combinar de dividir uma casa em Myrtle Beach — murmura Anthony.

— Isso não é nada — murmuro de volta. — Fui atingida por um fantoche de meia... e Mancada meio que o matou.

Ele se inclina e beija a cabeça de Mancada.

— Boa garota.

Penso em perguntar a Anthony se ele quer dar o fora daqui, mas, quando vasculho o salão e procuro por Doug, vejo que ele está sentado no bar, mantendo uma conversa profunda com uma mulher de sua idade, cuja blusa violeta está aberta, revelando um espartilho vermelho-sangue por baixo. Está escuro demais aqui dentro para que eu decifre a tatuagem em seu peito, mas consigo ver que cobre toda a pele. Não é alguém que eu teria pensado ser o tipo de Doug, mas ele parece arrebatado. Então dou de ombros para Anthony.

— Segundo round, acho?

Ele parece relutante, mas assente.

— Uma conversa, um beijo, e, então, saímos daqui? O mais longe possível do Upper East Side?

— Fechado.

*

— Me deixe explicar para você, ok?

Faz cerca de cinco minutos desde que começamos o Segundo Round, e já estou me arrependendo de perguntar a Tag — esse é o nome dele *de verdade* — porque ele ainda está vestindo a camiseta de Rand-Paul-para-presidente, mesmo depois do resultado das eleições. Ele não achou meu sotaque "sedutor", mas um convite para falar (e falar e falar e *falar*) sobre "grande governo" e taxas que eram rígidas demais para "geradores de emprego" — conceitos que nós, europeus, estávamos aparentemente nos "recusando com teimosia" a aceitar. Tenho certeza de que há europeus que conseguem acompanhar a linha de raciocínio, mas eu não fazia a menor ideia do que ele estava falando. O que realmente não importa, porque isso é mais um sermão que uma conversa. Decidi que minha melhor tática de resposta é não falar muito e me expressar através de "humm" e "uhum", talvez dizer alguns "certo, certo" vez ou outra.

Enquanto faço isso, procuro por Anthony, mas não o vejo em lugar algum. Será que conseguiu o Passe de Natal? Está esperando impaciente por mim, assim podemos ir embora? Quem ele deve ter beijado?

Estou no piloto automático das respostas vazias quando as palavras "próxima terça" cortam tudo, como uma buzina de gás. Percebo que agora estou assentindo, mas não faço absolutamente a menor ideia de com o que estou concordando — só sei que vai acontecer na próxima terça.

— Espere, desculpe — interrompo. — Pode repetir?

— Na próxima terça — diz Tag —, vou te levar para um campo de tiro. Sabe, deixar você confortável com a Segunda Emenda. — Ele imita uma arma com os dedos e faz sons de "Pou! Pou!" de verdade enquanto atira para o alto.

Ah, *não.*

Só há uma coisa a fazer, e embora ela vá contra cada fibra de minha alma inglesa, algumas vezes ser brusca e rude é a única opção.

— Não. — Passo por Tag. — Isso definitivamente não é para mim. Tchau.

Sigo em frente, resistindo ao impulso de pedir desculpas. Aimeudeusaimeudeus, isso foi tão grosseiro, tão grosseiro. Então escuto Tag me chamando: eu tenho problema com armas? Se tenho, acho que preciso tomar cuidado para não escorregar na bagunça que meu coração sangrento fez.

— Sua liberal!

Paro de me sentir mal por ter sido grossa.

Enquanto atravesso a porta do banheiro masculino, Anthony passa por mim à toda e entra antes de mim. Acho que... ele está... *chorando*? Ah, não, ele não teve nenhum tipo de recaída por Maya, teve? Estava se saindo tão bem!

Olho em volta rapidamente e me certifico de que ninguém esteja olhando em minha direção, assim posso me enfiar no banheiro masculino. Encontro Anthony apoiado na pia. Ele funga e enxuga os olhos. Acho que é agora que retribuo por ele ter me mantido de pé depois da festa.

Dou um passo hesitante à frente.

— Ei, você está bem?

Ele funga.

— Sim, sim, estou. Só preciso de um minuto.

— Deve ter sido uma *mancada* — seguro minha bolsa, embora ele não possa me ver para apreciar o trocadilho brilhante — ter vindo até aqui, hein?

Ele não responde. Apenas respira fundo.

— Mas, sério, você está indo muito bem esta noite. Não vamos retroceder agora, você vai ficar bem.

Ele fala com a cara dentro da pia, a voz ecoando.

— Do que você está falando?

— Bem, quero dizer... você está chateado por M... por *ela* de novo, né?

Ele não faz nenhum som, mas vejo seus ombros tremerem. Ah, não, eu o tirei da linha, e agora ele está despejando tudo de uma vez. Todo aquele trabalho desperdiçado.

Mas, então, percebo que ele não está fazendo som de choro, está mais para risada. Ele está... rindo? Ele se endireita e se vira — o rosto parece úmido com as lágrimas que caem de seus olhos, mas ele definitivamente está rindo.

— Não estou chorando por Maya — diz, inclinando-se e colocando as mãos nos joelhos. — Só passei o Segundo Round com uma garota chamada Erin, e ela trouxe seus gatos! Três! Sou alérgico, só isso.

Nós dois começamos a rir, o som tão alto e ecoando no banheiro masculino, que Mancada acorda e resmunga para nós dois, tipo, *O que tem de* errado *com vocês? Estou tentando dormir!*

A risada se desfaz, e ficamos alguns segundos nos encarando; um silêncio esquisito, mas não completamente desconfortável.

— Escute — começa ele, e sua reação alérgica deve estar passando, porque a voz soa menos irregular. — Cumprir o Sétimo Passo vai ser difícil. Todo mundo parece legal e tal, mas... desisto, não tem ninguém aqui que faça meu "tipo".

— Eu também. Vamos dar o fora daqui. Eu falo com Doug.

Eu pulo e me viro quando a porta do banheiro masculino se abre, batendo na parede com um estrondo que faz Mancada quase voar da bolsa. A primeira coisa que percebo é a Mamãe Noel — bem, uma mulher vestida de Mamãe Noel — puxando alguém para o banheiro. É Doug, e ele está rindo feito um idiota, sussurrando de mentira:

— Mas e se seu marido pegar a gente? Eu *nunca* vou sair da Lista de Danadinhos.

Mamãe Noel puxa Doug para perto enquanto a porta do banheiro se fecha.

— Mas aí você vai entrar na *minha* Lista de Danadinhos.

— Acho que ela descobriu sobre Gee-Gee e está dando o troco em Papai Noel.

— Isso parece muito mais div... Ei, pessoal! — Quando ele nos vê, Doug praticamente empurra Mamãe Noel para longe.

— Ei, Doug... — Anthony só está mantendo a pose enquanto acena educadamente para a nova amiga de Doug. — Ei, moça.

Mamãe Noel está mais para... mulher rechonchuda que parece ter a idade de Doug, e eu só consigo imaginar que ela vai precisar de ao menos as últimas três horas do dia para remover toda aquela maquiagem. Enquanto Doug observa os próprios pés, ela só balança a cabeça, achando a situação mais engraçada que constrangedora. Gosto disso.

Digo que Anthony e eu vamos embora, e O Doug avança para espremer nós dois em um abraço.

— Isso foi uma ótima ideia, gente. Foi *excelente*! Obrigado, obrigado, obrigado. — Ele beija nós dois na bochecha. Eu teria gostado mais se não fosse pelo bafo de uísque, para ser sincera, mas estou feliz por ele; e satisfeita por termos riscado o Quinto Passo.

Anthony e eu os deixamos para trás e saímos do banheiro. Fingimos que não ouvimos a porta bater, um trinco sendo passado. Abrimos a maior distância possível entre nós e o banheiro, andando de volta até o bar e parando atrás da Sra. Pink Drink, que está explicando as regras para mais dois solteiros — um homem, uma mulher, os dois usando camisetas de histórias em quadrinhos, parecendo igualmente nervosos, e me pergunto se eles são os únicos que não percebem o quanto combinam.

Eu me viro para Anthony.

— Vamos, então?

Acho que vou completar o Sétimo Passo — ficar com outra pessoa — outro dia. Quando voltar para casa. Quero dizer, está na hora de começar a beijar garotos ingleses...

Ele concorda, e seguimos até a saída, apenas para a Sra. Pink Drink nos lembrar de que não tínhamos Passes de Natal.

— Ah, tudo bem — diz Anthony. — Obrigado, de qualquer forma.

A Sra. Pink Drink se inclina no tamborete do bar, gesticulando para o cara corpulento e de pescoço travado parado na porta da frente — só agora percebi — e que não nos deixa sair.

— Acho que não entenderam — diz ela. — Ninguém sai daqui sem merecer um Passe de Natal.

Merda, de onde ela está pode ver todo o salão, então nem podemos dizer que acabamos de beijar alguém com quem estávamos conversando. Mas, ainda assim, mesmo no Mundo da Imaginação, não acho que eu conseguiria suportar que qualquer pessoa soubesse que beijei Tag... ou o Cara do Suéter. E Anthony não teria sobrevivido se tivesse beijado Erin, A Louca dos Gatos.

Ele está me puxando para o lado quando pergunto:

— Ela realmente pode nos impedir de sair? Ela não pode se importar tanto assim!

Anthony apenas me encara, a expressão dizendo *Não faço ideia.*

— Tem alguma coisa a respeito dela que me diz que vai dar merda se tentarmos sair daqui sem beijar alguém.

— Não me diga que está com medo de um escândalo. Isso deveria ser uma coisa inglesa. Você deveria ser todo americano e forte, e não dar a mínima... Espere, por que está me olhando desse jeito?

Seu rosto ficou paralisado, os olhos ligeiramente fechados, como se eu fosse um enigma que ele estava quase decifrando.

— Sabe, tem *um* jeito de sair daqui — diz ele.

— Qual é?

Ele apenas ergue a sobrancelha para mim. Sei que não saímos de perto um do outro por, sei lá, umas sete horas ou mais, mas isso não significa que desenvolvi a habilidade de ler...

Ah.

Não posso acreditar que não pensei nisso antes. Ou estava ignorando o óbvio? Não. De jeito algum minhas bochechas estariam queimando do jeito que estão se eu não estivesse surpresa.

Anthony queria *me* beijar.

Queria mesmo? Pareço ter ficado parada por tanto tempo que ele mudou de ideia.

— Não, é uma ideia idiota.

— Não, não é. Isso vai tirar a gente daqui. Não é grande coisa, né?

Ele não diz nada; apenas fecha os olhos por um segundo (reunindo coragem?), então se inclina...

E dá de cara com Mancada, que sai da ecobag e rouba o beijo para ela.

— Ei, sai fora! — Eu rio, empurrando-a para dentro da bolsa. Quando olho de novo para Anthony, ele está com uma das mãos cobrindo os olhos e balançando a cabeça, tipo, *Isso poderia ter sido pior?*

Sei que, se não rir também, o momento pode passar. Então reforço para ele que, de todo modo, a Sra. Pink Drink não estava olhando e, talvez, não acreditasse na gente. Além disso, não estávamos debaixo do visco, e eu sei que ela é vaca a *tal* ponto de nos desqualificar só por isso. Imaginem *essa* cena! Então, avanço e pego a mão de Anthony, puxando-o para o visco mais próximo, ao lado de uma mesa onde — que inferno — Tag está tagarelando com a Tatuada de Espartilho com quem Doug conversava mais cedo.

Eu nos posiciono a fim de ficarmos no campo de visão da Sra. Pink Drink. Então me certifico de que esteja olhando para nós, assentindo para ela; me sinto esquisita por fazer isso — como se ela realmente estivesse investida nesse momento ou algo assim.

É isso. Vai rolar. Agora estou superconsciente do fato de Anthony ser mais alto que Colin, e que vou ter que ficar na ponta dos pés — a não ser que ele fique curvado? Quando passo a língua pelos lábios de forma pensativa, percebo que estão um pouco secos e rachados do frio, e tento descobrir como posso pedir a Anthony um segundo para que eu possa procurar o hidratante labial na bolsa quando...

Ele me beija. É um pouco mais que o selinho para o qual me preparei — mais suave, mais profundo, durando por talvez cerca de três segundos antes que eu sinta a mão em meu ombro, me segurando enquanto se afasta. Depois, mordo meus lábios para não deixar escapar nenhum som constrangedor, mas, com o coração acelerado, a respiração rápida que solto pelo nariz faz com que eu me sinta mais leve.

Estamos olhando dentro dos olhos um do outro, e acho que nós dois estamos um pouco embasbacados por quão incrível foi o beijo. A não ser que eu esteja maravilhada, e *ele*, só com nojo de meus lábios rachados. Mas ele não está fazendo caretas, então isso é bom, certo?

Nós nos separamos ao som de sinos vindo do bar. A Sra. Pink Drink está segurando nossos passes. Eu dou um passo à frente e os pego de suas mãos.

— Estou feliz que *alguém* esteja tendo uma boa véspera de Natal — diz ela, e agora ficou claro que ela não é apegada a nenhuma regra; ela só não quer estar aqui. Eu me pergunto qual é sua história, tentando adicioná-la à lista de pessoas abandonadas e de coração partido que Anthony e eu encontramos esta noite.

— Charlotte.

É Anthony, e ele está gesticulando para que eu siga em frente.

— Sim! — Mesmo um minuto depois, minha voz ainda está um pouco estridente e chiada, afetada pelo beijo. Ele soa normal.

Sigo-o para fora da Smooch, passamos pelo segurança que nem desvia o olhar do Sudoku quando Anthony lhe joga os Passes de Natal.

Anthony me leva um pouco abaixo na rua, então para de repente a minha frente. Apenas encaro a parte de trás de sua cabeça, tentando adivinhar a expressão em seu rosto. Ele está pensando no beijo? Está arrependido? Ele meio que não deveria — foi ele que fez toda aquela coisa de se inclinar, afinal de contas!

Mas, quando se vira, está sorrindo. Ele gostou, eu sabia. Sorrio de volta, fazendo uma expressão, tipo, *Eu sei, né?*

— Está muito bonito agora.

Fico arrasada.

— Hein?

Ele pega minha mão de novo, me puxa para ele.

— Fique aqui. Olhe.

Demora um segundo para que eu me realinhe e meu olhar siga na direção que ele indica. A princípio, me pergunto para que diabos ele está apontando. Mas, então, vejo a neve cintilante rodopiando, ficando dourada ao dançar em volta dos postes de rua na 86th Street. A rua está estranhamente quieta e pacífica, e essa tranquilidade aplaca minha saudade de casa, de certa forma. Está tão silencioso, tão agradável que não sinto a distância. Apenas o momento.

Quando percebo que Anthony ainda está segurando minha mão, sinto o calor subir pelas bochechas, meus braços se enrijecerem contra os dele. Ele olha para baixo bruscamente e, então, se afasta com um "desculpe" murmurado. Quero dizer a ele que, na verdade, não há problema algum, mas antes que consiga, ele está me perguntando:

— E agora?

E agora? Quero dizer, nós podemos ir a algum lugar silencioso, se estiver aberto, e talvez conversar sobre o que acabou de acontecer, o que pode significar. Depois que pensei em tudo isso, percebo que ele com certeza quis dizer *Qual o próximo passo?*

— Ah! — Deixo ele tirar Mancada da bolsa e pegar sua coleira, assim a pequena madame pode esticar as perninhas na calçada enquanto pego o livro de novo. Apenas mais três passos, pelos meus cálculos. Encontro o oitavo e viro o livro para que Anthony também possa ver:

“Faça algo que te assuste um pouco”.

Anthony pondera a respeito, e sei que algo imediatamente veio a sua mente. Mas, quando pergunto, ele apenas nega com a cabeça.

— Acho que devemos nos concentrar em você agora — diz ele. — É sua última noite, e só restam algumas horas até você cumprir todos os passos. Então, o que *te* assusta, Charlotte?

~~5. FAÇA ALGO POR ALGUÉM QUE ESTEJA PIOR QUE VOCÊ~~

~~7. FIQUE COM ALGUÉM NOVO~~

CAPÍTULO OITO

ANTHONY

8. FAÇA ALGO QUE TE ASSUSTE UM POUCO

Uma das piores coisas de se flagrar Solteiro De Repente é o Medo que acompanha o sentimento. O Medo do que o amanhã pode — ou não — trazer agora que seu relacionamento acabou. Em várias pessoas, o Medo pode causar uma espécie de paralisia emocional e espiritual que resulta em tempo demais em casa, impedindo a busca por um novo alguém. É claro, a ideia de "voltar ao jogo" é assustadora, e o Medo é totalmente compreensível nessa situação. Antes que você possa dominar seu medo de decepções amorosas, você primeiro precisa aprender a dominar o Medo em si.

23H10

— Você tem certeza de que isso é seguro? Quero dizer, sabe se ao menos é *permitido*?

Charlotte está agarrada a meu braço direito, quase correndo para me alcançar, porque estou andando rápido a fim de acompanhar Mancada. Eu deveria ter imaginado que a filhote ficaria superempolgada assim que pousasse os olhos no Central Park. Mesmo depois das onze da noite, o lugar é bem impressionante — para um cachorro, deve parecer o Paraíso ou algo do tipo.

Durante todo o caminho até aqui, me perguntei se era uma boa ideia. Mas não consegui evitar. Do lado de fora da Smooch, depois de nosso beijo — o *beijo*! —, perguntei a Charlotte o que a assustava, e ela me confessou que a única coisa em que conseguia pensar era perder o controle. Quando disse a ela que essa era uma resposta vaga e que não ajudava, ela só deu de ombros, mas toda aquela neve que estávamos encarando me deu uma ideia.

— É claro que é seguro — digo a ela agora. — A essa hora da noite, na véspera de Natal, teremos o parque inteiro para nós.

— *Isto* não parece seguro — rebate Charlotte, lançando um olhar aos dois trenós de plástico que eu comprei por quinze pratas em uma farmácia no caminho até aqui.

Eu paro. Um pouco mais à frente, Mancada se vira e late irritada. Charlotte me encara, as mãos apertando as alças da ecobag que carrega no ombro. Ela está mordendo o lábio inferior, mas não há nada de sedutor nisso. Ela está assustada.

— Confie em mim.

Ela assente.

— É, eu confio em você?

Não era para soar como uma pergunta, mas não a corrigi.

— Ok, ótimo, porque estamos prestes a sair do caminho. — Dou um puxão na guia de Mancada, e ela se vira, avançando enquanto cruzamos o gramado coberto de neve. Charlotte deixa escapar uma risada nervosa.

— Hmm, aonde você está me levando?

Mancada para quando chegamos a uma fileira de arbustos, olhando para mim, tipo, *Sério? Você quer que eu passe por* isso*?*

— Está tudo bem, lindinha — digo, e, enquanto a filhotinha se arrasta em meio aos arbustos, eu me encolho. Já estou dando apelidos para ela. Mas que diabos?

Charlotte usa o trenó para proteger o rosto enquanto atravessamos os arbustos, até pararmos diante de uma cerca de quase 2 metros. Mancada acha que chegamos ao fim da linha e tenta correr para a esquerda, então a puxo de volta e a trago para perto de nós. Ela deixa claro que não está feliz com isso.

— Viemos pelo lado errado? — pergunta Charlotte, enquanto me curvo para pegar a cadela.

— Não — respondo. — Do outro lado fica o melhor lugar de Manhattan para fazer esquibunda. Talvez o melhor de toda Nova York, não sei. Eu e meu irmão, Luke, costumávamos vir aqui aos domingos. Nossa mãe trazia a gente aqui... — Levo um momento para deixar minha mente se acostumar a conjurar a imagem na qual não penso propositalmente há quase um ano. Sou meio idiota por não perceber exatamente o que me fez pensar que escorregar de trenó seria um bom passo para Charlotte. — Eu tinha uns 7 anos, acho. Enfim, não é *tecnicamente* permitido fazer isso, porque o terreno pertence ao departamento de parques, mas vou imaginar que eles tiraram o dia de folga.

Ela está me encarando, boquiaberta.

— Ei, isso é bom — asseguro. — Parece que você *definitivamente* está fazendo algo que te assusta.

Ela dá um tapa em meu braço.

— Duvido muito de que o livro nos aconselhe a burlar a lei.

— Tenho certeza de que você pode interpretar o livro de várias formas. Ah, qual é. Não há muitas coisas mais assustadoras que quebrar regras, certo? Essa deve ser a versão mais pura possível do Oitavo Passo.

— Sou estrangeira aqui, lembra? O que acontece se eu, sei lá, for presa e deportada e nunca mais puder voltar?

— Hmm, presa e deportada... parece *assustador*.

— Você realmente quer fazer isso, né?

Apenas dou um jeito de me impedir de dizer a verdade: sim, depois de perceber que meu subconsciente me trouxe até aqui, escorregar nessas colinas brancas e reluzentes do outro lado da cerca parece a *única* coisa que eu quero fazer. Quero me sentir com 7 anos de novo, empolgado e assustado enquanto assistia um Luke destemido deslizar pelas colinas íngremes, eu sentado no colo da minha mãe, escorregando com ela, eu dizendo que fiz tudo sozinho quando chegávamos ao fim.

Em vez disso, digo a ela:

— Vai ser divertido, eu prometo. Eu e Luke entrávamos escondidos desde que éramos crianças, e jamais fomos pegos. Deve ter ainda menos chances de nos pegarem esta noite.

Ela pensa nisso por um segundo, então faz que sim em um gesto que não soa assim tão relutante.

— Ok, vamos lá. Mas seja rápido...

— Ah, na hora que você conseguir sentir medo, a gente já vai ter dado o fora daqui.

Entrego Mancada a Charlotte, assim ela pode colocar a cachorrinha de volta na bolsa enquanto pulo a cerca. Do outro lado, estico os braços para que Charlotte possa jogar os trenós para mim. Então ela escala alto o suficiente para arremessar a bolsa por cima da cerca, assim posso pegá-la. Coloco os trenós no chão e penduro a bolsa no ombro enquanto Charlotte escala. Ela é mais ágil do que eu esperava.

Assim que está em segurança no chão, entrego a bolsa de volta a ela. Mancada está se empertigando para ver o que está acontecendo, e eu garanto a Charlotte que essa região do parque é totalmente cercada. Mancada pode correr, mas não conseguirá ir *tão* longe.

— Ok, ótimo — diz Charlotte, deixando a filhote sair. — Não quero perdê-la.

Não precisamos nos preocupar em perdê-la, porque logo que pegamos nossos trenós e nos posicionamos no topo da primeira ladeira, Mancada começa a nos rodear, querendo estar exatamente onde estamos. Ela se acomoda em meu colo.

— Acho que temos uma passageira.

Mas Charlotte não sorri de volta. Ela está encarando a colina branquíssima abaixo, o lago de sombras no fim do percurso.

— É meio íngreme — comenta ela.

— É, é assustador — digo. — Esse é o ponto.

— E se eu... seu panaca!

Ela me chama assim porque eu a empurrei. Não tão forte, apenas o suficiente para que ela começasse a descer.

Seguro Mancada ainda mais forte e deslizo logo depois de Charlotte, aproveitando a sensação de leveza e quase esbarrando nela. Qualquer medo em Charlotte desapareceu: ela está caída no chão com parte do corpo para fora do trenó, rindo para o céu noturno enquanto a neve cai em seu rosto.

— Ei, ei, fale mais baixo! — peço a ela, enquanto Mancada pula de meu colo e corre em círculos em volta da cabeça de Charlotte, como um limpador de para-brisas. — Aqui pode estar deserto, mas isso só significa que o som vai mais longe.

Ela cobre a boca com a mão enquanto se senta, controlando a si mesma.

— Desculpe — diz, por fim. — Só fiquei um pouco... empolgada, acho. Quando o medo passou, eu meio que gostei.

— Acho que esse é o ponto. — Não queria que isso fosse intenso de forma alguma, mas o fato de estarmos nos encarando ao dizer isso faz nosso contato visual ser ainda mais significativo.

O feitiço é quebrado quando Mancada late, pedindo atenção. É quando vemos que ela já subiu metade da colina e está olhando para trás, claramente esperando ser seguida.

Charlotte cutuca meu pé com o dela.

— Vamos apostar corrida!

*

Cerca de dez minutos depois, nós subimos e descemos a mesma ladeira vinte vezes. Depois de três ou quatro rodadas, Charlotte ficou confiante o suficiente para tentar ir de costas. Ela riu o tempo todo.

Charlotte acabou de colidir contra uma pilha no final da colina e está caída de costas outra vez enquanto Mancada corre em círculos a seu redor. Desço a toda mais uma vez, tomando cuidado para chegar o mais próximo que posso sem colidir contra ela. Na verdade, consigo chegar bem perto, e ela não faz nenhuma tentativa de sair do lugar. Ela confia em mim.

Deixo meu corpo cair ao lado de onde ela está, e sinto a parte de trás de nossos dedos roçarem enquanto rimos na noite. Nós dois, acho, estamos nos perguntando como diabos acabamos fazendo esquibunda ilegalmente no Central Park, na véspera de Natal.

Posso ouvir sua risada morrer aos poucos, e tudo o que quero fazer é olhar para minha esquerda. Se eu fizer isso, a gente pode ter um "momento". Mas é como se um lado de meu pescoço estivesse cimentado por concreto ou algo do tipo, porque simplesmente não se move.

— Obrigada. — Sua voz é quase um sussurro.

Ainda não consigo virar o pescoço.

— Pelo quê?

Ela não responde, e o silêncio dura tempo o suficiente para eu saber: ela espera que eu olhe em sua direção. Então tomo ar para relaxar, e finalmente viro a cabeça. Seu longo cabelo está batendo contra o rosto em mechas grossas, salpicado de neve.

— Por me fazer ver que não tem problema a gente sentir medo às vezes.

— A Nova Charlotte não tem problemas em sentir medo?

— Uhum, ela não tem...

Minha respiração está fraca, meus braços estão tremendo — não só pelo frio, tenho certeza. Penso por tempo demais em meu próximo passo: vou conseguir me esticar e tirar o cabelo de seu rosto com essas mãos trêmulas, ou vou simplesmente enfiar o dedo em seu olho?

E se eu ficar perto o suficiente, posso fazer a coisa que agora desejo não ter parado de fazer na Smooch?

Posso beijá-la de novo?

Mas eu nem precisava ter me feito essas perguntas porque Charlotte se senta tão rápido que Mancada sai correndo, achando que é hora de mais uma rodada de esquibunda.

— Então, qual é a sua? — pergunta Charlotte, tirando o cabelo do rosto. — O que *te* assusta?

A resposta surge na mesma hora, e realmente não quero falar sobre isso, mas não consigo pensar em nada para dizer no lugar, aí só acabo encarando-a por alguns segundos.

— Ah, você sabe... — Eu vasculho à procura de qualquer coisa assustadora. — Tubarões, eu acho. Mas não preciso encarar meu medo nunca, porque não existem tubarões no Brooklyn. Bem, tem os tubarões das agências de empréstimos se você precisar de um. Mas nunca preciso, então...

Droga, agora sou eu que estou falando demais. Charlotte me observa, e posso dizer que ela sabe que estou escondendo alguma coisa. Eu me sento e soco a neve e a grama congelada. Ah, meu Deus, realmente vou falar sobre isso.

— Você quer mesmo saber? Mesmo se eu disser que pode, tipo, destruir seu espírito natalino?

Ela sorri, se inclina para a frente.

— Você não prestou atenção nesta noite? Nós não estávamos "improvisando"?

— É, acho que sim. Certo... vou te dizer qual é.

E eu quero dizer a ela. Realmente quero. Mas tudo, todas as palavras ficam presas em um nó em minha garganta, porque estou me perguntando se estar no Central Park nas ladeiras de esquibunda na véspera do Natal, prestes a me abrir para uma inglesa aleatória, de algum jeito era destino.

Como se minha mãe de alguma forma tivesse me trazido até aqui.

— Minha, hmm, mãe... — Como se sentisse que eu talvez precisasse dela para isso, Mancada literalmente pula em meu colo, e eu automaticamente a aperto contra mim. — Minha mãe morreu no ano passado. No Natal.

Charlotte chega para a frente, mudando de nível, mas ainda olhando para mim.

— Ah, meu Deus, Anthony.

A compaixão na voz suave é real; o aperto da mão em meu braço é sincero. Mas tudo o que eu tenho guardado aqui dentro no último ano está ameaçando ser despejado, e é por isso que não quero falar a respeito. Nunca fiz isso com M... minha última namorada. Não depois do funeral. Foi o jeito que encontrei para não desmoronar.

E não posso chorar na frente de Charlotte.

Então me inclino e beijo a cabeça de Mancada, acariciando a cachorrinha até o nó na garganta desaparecer, até que o peso em meu peito alivie o suficiente para que o ar volte lentamente aos pulmões e eu me sinta capaz de respirar de novo.

— Câncer — digo a Charlotte, acreditando que essa única palavra seja o suficiente, e que eu não precise dar nenhum detalhe a mais sobre o tipo, sobre a quimioterapia, sobre o que o tratamento fez com ela, sobre a quantidade de tempo inimaginável entre o médico dizer que não havia mais o que pudesse ser feito e o dia em que ela realmente morreu, o quanto as coisas ficaram ruins perto do fim...

— Sinto muito. — É tudo o que ela diz. É tudo o que qualquer pessoa pode realmente dizer.

— Foi por isso que teimei tanto em ir até o aeroporto hoje. Eu queria tanto não ir para casa que me convenci de que seria completamente legal se eu surpreendesse... *ela*. De jeito algum ela me deixaria encarar as festas de fim de ano sozinho.

Acho que ela também esqueceu totalmente o significado do dia para mim. Era esse o tanto que ela se importava comigo.

Mas não digo isso a Charlotte, porque já passamos do momento de falar sobre os ex.

— Mas talvez sua família possa precisar de você — argumenta ela, deslizando a mão sobre a minha.

Não consigo evitar o deboche.

— Eles estão ótimos. Minha tia Carla basicamente, tipo, juntou nossas cozinhas pela manhã. Tem um grande banquete acontecendo hoje na casa dos Monteleone.

— Parece divertido. Família, todo mundo reunido, dando forças um ao outro.

— É uma piada de mau gosto!

A dor em meu coração me atinge só depois que escuto a dor em minha própria voz. Um pensamento rebelde escapou através de minhas defesas, ganhou mundo e deixou para trás uma dor em meu peito e uma farpa em meus olhos. Mancada resmunga e se ajeita para ficar em pé em meu colo, abanando seu rabinho para que eu me acalme.

— Desculpe — murmuro para ela e Charlotte. — É só que... não entendo como todo mundo pode se reunir da mesma forma que antes, como se fosse um Natal qualquer. *Não é* um Natal qualquer, e eu não vou fingir que sim. Não é Natal sem ela. Nunca será.

Charlotte não diz nada. Apenas nos sentamos na neve, de mãos dadas, eu ninando Mancada e respirando fundo, tentando manter a compostura. Não choro desde que minha mãe morreu, mas, não sei por quê, não *quero*. Sinto como se não conseguisse me permitir.

Ela aperta minha mão de novo.

— Você precisa de sua família. E eles precisam de você. Posso ir com você se quiser. Aparecer com uma inglesa certamente dará uma ótima história para contar no *próximo* Natal.

Eu aperto sua mão de volta.

— Está falando sério?

— Por que não? Posso ser a distração da noite, quem sabe assim não pareça algo tão importante *você* voltar para casa. Porém, tem uma coisa que preciso perguntar primeiro.

— O que é?

— Que tipo de inglesa você quer levar para casa hoje à noite? Meu sotaque normal está bom, ou devo carregar mais no *Downton Abbey* para efeito cômico?

— Eu não sinto muita diferença, na verdade.

Ela faz um beicinho de ofensa.

— Seu atrevido... Argh!

Nós dois somos cegados pelos holofotes que nos atingem na cara, e soltamos as mãos para cobrir a visão.

— Mas que...

— *Parados! Polícia!*

Ah, sim. Eu esqueci a coisa da invasão.

CAPÍTULO NOVE

CHARLOTTE

23H30

Precisei proteger meus olhos da luz da lanterna do policial, que, na escuridão do parque, mais parecia um holofote.

Vou ser presa! Aimeudeusaimeudeus, vou ser presa e deportada, e nunca vão me deixar voltar. Mesmo que eu queira ocupar minha vaga em Columbia, vou ser barrada pela Imigração! Vou ter que ir até a cabine, e algum cara com bigode — estou imaginando um cara com bigode, não sei por qual motivo — vai olhar para meu passaporte, conferir meu nome no computador e então me olhar, tipo:

— Espere aí, queridinha. Você é a menina que foi presa por fazer esquibunda no Central Park?

E meu olho esquerdo vai tremer — porque ele sempre treme quando estou prestes a mentir —, vou tentar dizer "Não", mas ele vai me interromper com um aceno de cabeça. Ele vai devolver meu passaporte, e, então, dois grandalhões vão aparecer do nada para dizer: "Senhorita, por favor, venha conosco."

Antes que eu me dê conta, estarei no próximo voo de volta para casa... e eu simplesmente sei que minha bagagem vai ser extraviada!

Escuto Mancada latir infeliz, sinto Anthony se mexer e contorcer enquanto, às cegas, tenta mantê-la sob controle. Então vem o som das botas amassando a grama coberta de neve, e começo a dizer a mim mesma que invadir o Central Park não é exatamente o crime mais sério de todos, é? Com certeza não vou perder meu voo porque estou numa cela, né?

E eles não iriam me deportar *de verdade* por isso...?

— Ah, não, ah, não, ah, não. — Estou balbuciando, e Anthony segura minha mão de novo, apertando-a com força. Quando finalmente me atrevo a abrir os olhos, vejo que ele está olhando diretamente para mim. Não está nem um pouco surtado. Na verdade, parece completamente calmo, ainda que extremamente relutante por alguma coisa. Ele entrega Mancada para mim e, então, se vira para encarar o policial, com as mãos para o alto e esticadas. Não exatamente se rendendo, algo mais para *Está tudo bem.*

— Mil desculpas, senhor.

O policial é um cara baixinho, com uma careca lisa. Ele é quase tão largo quanto alto, então fisicamente parece estar prestes a se transformar no Hulk sob o uniforme.

— Você está invadindo — diz ele, olhando de Anthony para mim. — Vê aquela cerca gigante ali? Aquilo significa *Fique longe.*

Anthony ergue as mãos, tipo, *Ai, meu Deus, vacilei.*

— Sinto muito — lamenta Anthony. — Eu deveria saber. Meu irmão mais velho é policial. Eu só... queria muito mostrar para uma pessoa de fora um segredo bem legal de Nova York, só isso. Acho que nos empolgamos um pouquinho. Pode chamar de espírito natalino. — Ele faz uma cena balançando a cabeça.

O policial encara Anthony e aponta o facho de luz para cima de nossas cabeças — nos iluminando sem nos cegar.

— Seu irmão é policial, hein?

Anthony assente com educação.

— Uhum. Luke Monteleone. Ele está na 74ª no Brooklyn.

O policial comprime os lábios em uma linha fina e se afasta alguns passos. E em questão de minutos, não estamos mais com problemas. O policial pega aquele troço de rádio (identificando-se como Marquez) e pede a... *alguém* para confirmar se Luke Monteleone é um policial na 74ª. Quando a mulher com a voz entrecortada do outro lado confirma, Marquez gesticula para que a gente se levante.

— Certo, escutem — começa ele, encaixando a lanterna no cinto. — Acho que posso esquecer o que vi aqui esta noite. — Ele desvia o olhar de nós dois por um instante, absorvendo as colinas cobertas de neve. Seus olhos piscam, e ele faz um beicinho. — Eu entendo... este lugar, vocês dois. Vocês são jovens, querem aproveitar a noite, um ao outro.

Escondo meu rosto atrás de Mancada, só para o caso de o constrangimento ser óbvio.

Marquez sorri para nós.

— Está tudo bem, crianças. Mas vocês também precisam seguir as regras, está bem? Vocês não vão poder aproveitar um ao outro — por que ele continua falando desse jeito? — se estiverem presos, entendem o que estou falando?

O policial pega o rádio de novo, perguntando se alguma viatura está por perto, e a próxima coisa que sei é que ele está nos guiando para a Quinta Avenida, onde uma viatura está encostando. O oficial Marquez se aproxima da janela do motorista. Consigo ver uma mulher de cabelo curto e um cara de cabelos cacheados, os dois uniformizados.

— Ei, Lainey. — Eu imagino que o nome de verdade seja Elaine. — Valeu por isso.

— Espere, o quê? — grito. — Você vai mesmo prender a gente? — Penso em correr, mas não tenho certeza se consigo ir muito longe com Mancada no colo.

Anthony segura minha mão.

— É só uma carona para casa — murmura ele. Então, diz para Marquez: — Eu realmente agradeço, senhor, mas estamos bem.

Oficial Marquez balança a cabeça.

— Criança, não sei por que você prefere estar no parque esta noite, mas deveria ir para casa. É Natal. Aceite esse conselho de quem não está com a família hoje. Em casa é onde você gostaria de estar.

Anthony encara o policial por um segundo, e, quando olho para ele, posso dizer que está se controlando para não protestar. Ele olha para o chão, então para mim.

— Acho que não vou me livrar do Oitavo Passo, hein?

*

Do jeito que Lainey corre pela cidade, sinto que *eu* posso chegar em casa até... tudo bem, não à meia-noite desta noite, mas definitivamente antes do café da manhã do dia seguinte. Ajuda que, embora não esteja realmente *dormindo*, Nova York esteja meio cochilando enquanto a véspera de Natal se transforma em Natal. As ruas estão tão silenciosas e desertas que o som das engrenagens de Lainey é quase ensurdecedor — a coisa toda é mais legal do que sou capaz de admitir, exceto pelo tanto que deixa Mancada agitada — seu lamento em uivo nos soa como um *Faça isso parar!*

Viro meu rosto para Anthony.

— Então... seu irmão é policial, hein?

Ele encara os próprios joelhos, e, quando vejo seus lábios se contorcerem, sei que esse é um assunto sobre o qual realmente não gosta de falar.

— Uhum — responde, lançando um olhar a Lainey. Ela está conversando com o parceiro. Nenhum dos dois está prestando atenção em nós. — Só é útil para mim nessas horas.

Cutuco seu braço.

— Ah, é? Você leva várias garotas para fazer esquibunda no parque? — Ele não responde, só balança a cabeça, tipo, *Deixe para lá.* — Mas deve ser legal ter um irmão policial.

Anthony não apenas ri, na verdade faz um som tipo *Pá!*

— Ser o irmão mais novo de um policial que faz batidas é... bem, vamos só dizer que, quando você tem um irmão como Luke, que faz as coisas que ele faz para viver, ficar sentado em casa, rabiscando seu caderno, não parece muito bom.

— O que você quer dizer?

— Quero dizer... — Ele se segura, então suspira como se dissesse *Ok, vou te contar. Por que não?* — Meu velho nunca foi para a faculdade, então ele realmente não sabe o que significa.

De onde viemos, as pessoas sabem como "se virar", mas, na verdade, não fazem nenhum plano para o futuro. Entende o que quero dizer? É isso que ele sempre está me dizendo, de qualquer forma... — A voz muda para um tom baixo e rouco. — "Anthony, meu filho, qual o motivo de se preparar para o amanhã quando o hoje pode simplesmente acontecer e *bum*, te dar um soco na cara?"

— Mas você entrou em Columbia — assim como eu —, então com certeza ele admira que você provavelmente tenha talento, entende que não está perdendo seu tempo.

— Ah, ele entende — diz Anthony, inclinando-se e pegando Mancada de meu colo. A cachorrinha dorme durante o movimento. — E não me entenda mal, ele está orgulhoso. Ele não sabe por que eu quero fazer isso, mas me diz que é realmente legal que eu saiba contar histórias, que tenha imaginação. Mas — ele volta a imitar a voz do pai — "você não pode imaginar um futuro e dar vida a isso, filho. Se pudéssemos fazer isso, eu teria crescido e me tornado interbases do Met".

Entendi tudo, menos aquela última frase!

Anthony sorri, coça o pescoço, como se imitar o pai tivesse deixado ele com dor de garganta.

— Ele põe folhetos do exame de Oficial Corretivo debaixo de minha porta toda semana. Você sabia que o salário inicial às vezes pode ser trinta mil por ano?

— Não sabia — respondo, tentando manter a voz tranquila para que seja lá o que estiver fervendo dentro dele a respeito do pai não se transforme em raiva de verdade. Lainey agora está entrando no Battery Tunnel, que, de acordo com a placa, nos levará ao Brooklyn. Uma vez que entramos, o silêncio é tão pesado que me sinto momentaneamente surda. — Tenho certeza de que ele vai mudar o discurso se você construir uma carreira de verdade como escritor.

— Não acho que meu pai um dia vá "entender" isso. Por outro lado, minha mãe sempre gostou de minhas histórias... — Ele me lança um sorriso tranquilo, e eu o observo por um momento para ter certeza de que não vai chorar. Estou prestes a me aproximar quando ele balança a cabeça e me olha. — Então, você disse Columbia, mas não perguntei... o que você estudaria?

— Jornalismo. Sempre foi meu sonho. — De repente, estou tímida. Não falo com frequência sobre meus sonhos e ambições, sobre o que quero alcançar. Tento não fazer parecer que *eu* acho que é grande coisa.

— Legal — elogia ele. — O curso de jornalismo de Columbia é um dos melhores do nordeste. Talvez do país.

— Sim, foi o que me disseram, mas...

Posso vê-lo olhando para mim.

— Mas o quê?

Vamos lá, Charlotte. Se ele pode ser honesto com você sobre tudo relacionado à mãe, você pode colocar isso para fora.

— Honestamente, tenho considerado não aceitar a vaga.

— Sério? Você não acabou de me ouvir dizer o quanto Columbia é maravilhosa...

— Sim, sim, eu ouvi... — Tento olhar para ele, mas é como se a mão invisível e pesada de alguém estivesse mantendo minha cabeça no lugar, me forçando a olhar para os joelhos. — Eu sabia disso...

Ele faz um som que é metade choque, metade escárnio.

— É por causa do Co... dele? Um babaca de Westchester? O que tem a ver... Ele também conseguiu admissão antecipada, e você não quer ser obrigada a olhar para ele?

Gostaria que fosse simples assim. Compreensível assim.

Eu estico a mão e coço a orelha de Mancada, como se eu precisasse retirar dela a coragem para continuar falando.

— Não, não, ele está adiando a faculdade por um ano para viajar. Mas eu, eu... eu sei lá. Nova York parece *diferente* para mim agora. Não tenho mais *tanta* certeza se quero me mudar para cá.

Quando ele não diz nada, percebo que espera que eu o encare. Eu me forço a fazer isso. As luzes do túnel correm por seu rosto, e seu olhar é interrompido, piscando. Como o espelho na Macy's, o efeito torna o contato visual de alguma forma mais intenso que o normal.

— É seu sonho — argumenta. — A cidade parece diferente agora? Ok, ótimo. Ajuste-se. É *seu* sonho. — Ele pega minha mão de novo, aperta uma vez. — Você consegue.

Lainey sai do túnel, as luzes vacilantes se foram, deixando apenas um contato visual ininterrupto. Depois de um segundo, as bochechas de Anthony se contraem, e ele olha para a frente.

— Ei! — exclama ele, apontando para o relógio no painel. São 23h59. — É quase...

O relógio muda para meia-noite. Olhamos um para o outro, e sou atingida por quão... normal isso parece, estar em um carro desconhecido, em uma cidade desconhecida, com um cara que conheço há mais ou menos nove horas. Realmente não sei o que dizer ou fazer nesta situação, mas parece ok de alguma forma, e não tenho a menor ideia do porquê. Talvez porque, ao contrário *dele*, não sinta uma necessidade de "atuar" com Anthony, de ser algo ou alguém que ele queira que eu seja. Deixei que ele visse todos os meus lados bons, e alguns dos não-tão-bons-assim, e ele ainda não saiu correndo. Então, é. Talvez não haja nada a dizer, e está tudo bem.

— Feliz Natal. — Quase não consigo ouvir o sussurro acima do ronco do motor de Lainey, e estou grata que a sirene esteja desligada. Mais que isso, estou grata por não estar onde deveria estar agora; provavelmente dormindo num avião que se prepara para o pouso em Heathrow, Londres. Não estou mais chateada por meu voo ter sido cancelado.

É, porque é nisso que você deveria se concentrar agora, Charlotte. Diga de volta!

Mas, antes que eu possa, Anthony se vira, olhando para a frente. Ainda estou segurando sua mão, então a aperto de novo.

Ficamos ali sentados em silêncio por um minuto ou dois até que Lainey — cuja voz se ergue facilmente por cima do ronco do motor — nos chama e pergunta onde queremos que ela nos deixe. Anthony dá as direções para sua casa, e cinco minutos depois de sairmos do túnel, paramos em frente a ela. Agradecemos a Lainey, que nos diz para não arrumarmos mais problemas — e também pede a Anthony para dizer ao irmão para ligar para ela —, e, então, vai embora. Enquanto a viatura faz o retorno e parte de volta para a cidade, encaramos uma simples casa geminada, com um pequeno trecho de grama no jardim da frente. A grama está um pouco descuidada, crescida, mas os vasos de planta alinhados nas beiradas me dizem que *costumava* ser bem-cuidada. Me pergunto se esse era o *hobby* da mãe de Anthony. Ele está meio que esmagando minha mão, e, quando olho para ele, vejo que seu maxilar está cerrado, os lábios, apertados.

— Lembre-se — digo a ele. — Se for demais para lidar, é só jogar a inglesinha na frente como distração. — Mancada dá um único latido, se contorcendo nos braços dele. — Ou só jogue essa daí nos braços do parente mais próximo.

Ele sorri pelo que parece ser a primeira vez desde que estávamos fazendo esquibunda.

— Acho que nem mesmo Mancada consegue lidar com *toda* essa agitação.

Mas ele a segura quase como um escudo enquanto me guia pelos degraus da porta da frente. Abre a porta com uma chave, e, um segundo depois, tudo em que consigo reparar são almôndegas e murmúrios. Os sons e os cheiros são como um tapa estranhamente agradável, o calor vindo do forno é como um abraço quentinho, o que é um verdadeiro alívio do frio lá fora. Anthony me guia por um corredor revestido de madeira que parece quase teimosamente antiquado, assim como o carpete suave de lã. Temos que dar um passo para o lado direito a fim de atravessar a enorme pilha de casacos e jaquetas jogadas uma em cima da outra no cabideiro.

Sigo Anthony até a cozinha nos fundos da casa — cinco pessoas estão sentadas à mesa, pratos vazios orbitando ao redor de potes e caçarolas, taças de vinho e garrafas de cerveja em frente a eles. Eu me pergunto há quanto tempo estão sentados ali após terminarem o jantar — e se a cozinha se transformou em algum espaço seguro e reconfortante para eles nesse aniversário.

— Bem, não é acolhedor? — diz Anthony, balançando a mão livre em uma falsa indignação. — A família que come unida!

Na ponta da mesa está uma senhora idosa vestindo um cardigã verde-escuro, que parece poderosa e mandona, ainda que não tenha mais que 1,50 metro de altura. Flanqueando a senhora, há dois homens na casa dos 50 (ou mais). Ambos têm o cabelo grisalho e manchas do que pode ser serragem ou tinta. Acho que é meio legal o fato de, talvez, serem irmãos e sócios; deve ter sido uma droga para eles ter trabalhado na véspera de Natal.

Mas acho que provavelmente queriam manter a mente ocupada hoje...

A senhora gesticula para Anthony se sentar, e fala com um sotaque que oscila entre Brooklyn e... algum lugar na Itália.

— Ainda sobrou muita coisa, Antonio — diz ela, gesticulando para as travessas e caçarolas. — Você deve estar faminto. Esteve fora o dia inteiro.

— É, onde você esteve? — pergunta o homem à direita.

A imitação que Anthony fez do pai foi realmente certeira. Todo mundo na mesa olha para Anthony. Um cara alto, de ombros largos em uma camisa branca básica de botões (o mais novo na cozinha, além de nós, então suponho que seja Luke, O Policial), o outro cinquentão, a senhora e uma mulher baixa e esguia em um cardigã marrom e uma saia de algodão, todos olham para ele, preocupados.

— Está tudo bem? — pergunta Luke, tomando o último gole de cerveja.

— Sim, sim — responde Anthony. — Tudo bem.

Ele faz uma pequena rodada de apresentações para mim. A senhora é a avó, Fiorella; à direita está o pai, Tommy; à esquerda está tio Frank; a mulher de cardigã marrom é tia Carla, que eu imagino ser a responsável pelo banquete. Anthony apresenta Luke como o "irmão mais velho, o policial", e percebo que todos sorriem com isso, especialmente Tommy.

Então Luke aponta para Mancada.

— Qual é a do cachorro?

— Longa história — avisa Anthony.

É um exagero, na verdade, mas não me intrometo.

Fiorella está tentando alcançar um par de garrafas de vidro de Coca-Cola, inclinando-se para me encarar por cima da mesa.

— Essa é sua nova namorada? — pergunta ela a Anthony.

— Não, vó, Charlotte é só uma nova amiga que fiz hoje — responde Anthony. Um pouco rápido demais.

A senhora volta a olhar para mim.

— Você está doente?

Eu *acho* que ela está me fazendo uma pergunta, mas parece mais uma afirmação.

— Não, não — insisto. — Estou bem.

— Mas você é tão *pálida* — diz ela, gesticulando para a comida na mesa. — Coma algo, agora mesmo!

Não posso impedir a mão que vai reflexivamente para meu rosto. Meu rosto muito *pálido*. Apenas murmuro um "obrigada" enquanto Anthony se senta na única cadeira vazia, e Luke se levanta e vai até a pia, apontando para que eu me sente no lugar dele, ao lado de Carla, que já está servindo linguine nos pratos.

Ela coloca um a minha frente, aí entrega outro a Anthony, que mantém uma Mancada *muito* interessada apoiada contra o peito.

— Dê ela pra mim — manda Tommy. — Vou deixar vocês dois comerem.

Anthony levanta para entregar a filhote ao pai, as patinhas de Mancada sacudindo no ar o tempo inteiro. Todo mundo ri — exceto Vovó Fiorella, que bate na mesa e insiste que alguém dê comida para a pobre cachorrinha!

Carla se encarrega disso, servindo um pouco de salsicha em um pratinho que ela coloca debaixo da mesa. Anthony e eu salpicamos um pouco de parmesão na massa. Dou minha primeira garfada e tento não reagir, mas é um pouco difícil.

— Ah, está frio, não está? — diz Carla, pegando nossos pratos. — Vou esquentar.

— Não, não, está bom — digo a ela. — Mesmo.

A meu lado, Anthony assente e brinca que gosta da massa dele "*morta* de frio".

Carla parece momentaneamente mortificada, mas então ri, assim como todo mundo, e sei, no mesmo instante, que a família de Anthony foge do estereótipo que os ingleses têm dos americanos: eles implicam uns com os outros por carinho.

A risada dura por cerca de três segundos, os "ha-há" se transformando em "un-un", que virou "hmmmm", e então tudo ficou em silêncio.

Abaixo o olhar para a comida, com medo de que, se olhar para cima, eles vão saber que estou tentando descobrir há quanto tempo estavam sentados aqui essa noite.

E que sei o bastante para entender *por que* talvez todos estivessem sentados em silêncio. Não conheço esta família, mas dá para ver que eles realmente não querem falar sobre o luto, que deve estar pior que o normal porque, há quinze minutos, é o aniversário de morte de uma mãe, esposa e irmã...

Tento trazer as risadas de volta.

— Amo como vocês amolam uns aos outros.

Seis rostos inexpressivos me encaram ao redor da mesa. Na verdade, consigo imaginar Mancada, debaixo da mesa, parando o que está fazendo e me lançando o mesmo olhar. É claro, os americanos não conhecem *essa* expressão. Para eles, acabo de chamá-los de uma família de amoladores de alicate ou algo assim.

— Essa deve ser a menina mais esquisita que você já trouxe aqui em casa, cara — diz Luke, indo até a geladeira e apontando para o pai. Tommy assente, e Luke pega cerveja para os dois.

Luke se vira para Anthony.

— Então, posso perguntar?

— Eu prefiro que não — responde Anthony, com a boca cheia de macarrão.

Sinto uma coisinha pequena e macia contra minhas pernas. Olho para baixo e vejo Mancada, lambendo o próprio focinho e me olhando como Oliver Twist, pedindo por mais.

— Fala sério — diz Luke, entre goles. — Você estava todo empolgado com o fato da Maya voltar hoje, e agora à noite você aparece com outra pessoa?

— Charlotte é uma amiga — repete Anthony. Como se eles não tivessem entendido isso antes!

— Tem alguma coisa rolando — comenta Luke. Ele tem uma expressão desafiadora no rosto, combinando com todos os outros adultos no cômodo. — O que houve? Ela voltou da Califórnia com um namorado novo?

Anthony não responde, mas a hesitação e o modo como seus ombros se curvam mais para perto do queixo é um atestado de óbito.

— Ah, você está me zoando — suspira Luke, enquanto Fiorella dá soquinhos no ar.

— Eu mesma deveria ensinar uma lição àquela garota! — A voz dela é um rosnado, e eu desvio o olhar para esconder meu sorriso. Eu gosto da avó de Anthony.

A família faz sons solidários para Anthony, os quais ele dispensa com um aceno.

— Estou bem, sério — garante, então volta a comer.

Tommy balança a cabeça.

— Fazer isso com um garoto... Ainda mais no dia de hoje...

O silêncio recai sobre a mesa como um grande cobertor, e não preciso olhar por cima do prato para saber que ninguém faz contato visual. Meu coração se aperta por um motivo não-relacionado a minha Vida Amorosa quando penso sobre como esta família está tentando superar o luto, mas não consegue falar sobre o motivo que o criou.

Mas então Luke solta o ar, impaciente.

— Bem, olhe pelo lado positivo, cara... Guarde qualquer presente de Natal que você tenha comprado e dê à namorada do ano que vem. Natal grátis!

Anthony revira os olhos.

— Pare de tentar me transformar em um pão-duro. Não vou me juntar a você.

Luke ergue as mãos, rindo por um segundo, então fica sério.

— Mas você está bem, né?

Anthony apenas sorri para o macarrão frio, então olha para cima e assente.

— Uhum. Estou.

— Quem não vai ficar bem é ela — murmura Fiorella. — Não se eu cruzar com ela na rua.

Anthony estende o braço por cima da mesa e aperta a mão da avó.

— Deixa pra lá, vovó. Estou bem. Juro.

Outra onda de silêncio recai sobre a mesa, essa um pouco menos desconfortável, um pouco menos pesada que a anterior.

Por fim, Carla diz:

— Onde está aquela garota? Ela poderia vir e dizer oi. Diana!

Sua voz é tão alta que preciso me afastar para proteger meus tímpanos. Mancada solta um lamento assustado debaixo da mesa. Tommy se abaixa para acariciá-la e dizer que está tudo bem.

Uma pré-adolescente magrela e moleque entra na cozinha. Está usando uma camiseta maior que ela de uma banda da qual nunca ouvi falar — meu Deus, como estou velha! —, e há algo nos olhos arregalados que perguntam para a mesa *O que posso ter feito para ter me metido em problemas se estava em outro cômodo?*

— Diga oi para Charlotte — exige Fiorella. — A nova namorada pálida de Anthony.

— Não, ela não é — contesta Anthony.

Mais uma vez, ele diz isso um pouco rápido demais, fazendo com que eu me pergunte de novo se sou, de alguma forma, inviável. E preciso admitir, me pergunto se ele não gostou do beijo no Smooch tanto quanto eu.

— Ei — cumprimenta Diana.

— Olá, é um prazer conhecer você — respondo.

Diana está quase saindo, mas ela para e dá meia-volta.

— Ah, você é inglesa... maneiro.

Tommy sorri para mim.

— É, você parece alguém daquele seriado — começa ele, estalando os dedos, tentando se lembrar de qual. — O com a família onde todo mundo se casa com os primos.

— *Downton Abbey* — responde Fiorella, dando um soquinho no ar outra vez, enquanto Diana desaparece. Esse parece ser seu gesto padrão para tudo.

— Uhum, *Downton Abbey* — diz Tommy, pegando Mancada e acomodando-a no colo. — Você parece aquele pessoal.

Acho que Anthony não estava brincando quando disse ser difícil distinguir a diferença entre as regiões da Inglaterra. E, embora Anthony seja a primeira pessoa a dizer que pareço fazer parte de *Downton Abbey*, isso está começando a me irritar. Sou de Hampstead, a pelo menos cinco níveis abaixo na Escala dos Ricaços; vou fazer com que eles saibam!

Mancada está se remexendo nas mãos de Tommy, se inclinando e se alongando para alcançar a mesa.

— Pare com isso, Mancada — ralho. — Você já comeu.

Ela olha para mim com, bem, cara de cachorro abandonado, como se dissesse: *Mas mamãe, tem tanta comida. Por que* não é *para mim?*

Carla apenas sorri, agachando-se para encher o pratinho de Mancada.

— Só mais um pouco — diz ela — e então acabou, está me ouvindo?

Ela serve um pouco mais de salsicha e coloca o prato de volta no chão. Se Tommy não estivesse segurando firme, acho que Mancada teria tido uma contusão ao mergulhar de cabeça no prato. Ela vai atrás da segunda porção com avidez, perdendo o controle do prato algumas vezes, deixando-o deslizar pelo chão e bater aos pés da mesa.

— Meu Deus, espero que ela se acalme logo — comenta Anthony, se controlando. — Vai ser difícil encontrar uma casa para ela se for bagunceira assim o tempo todo.

Luke está se curvando para acariciar Mancada. Sua cabeça se ergue bruscamente.

— Você não pode fazer isso!

— Bem, você vai passear com ela duas vezes ao dia? — pergunta Anthony. — Vai ter tempo entre seus plantões?

Olho para ele, tentando descobrir o que quer dizer. Mancada seria um fardo, uma inconveniência? Sei que não estamos com ela há tanto tempo assim, mas eu esperava que ela tivesse um pouco mais de significado para ele, assim como tivera para mim; porque estou começando a pensar que um dos motivos pelos quais não pensei muito, pelo menos nas últimas horas, sobre meu voo cancelado ou sobre ir para casa é essa cachorrinha. Ao que parece, *nossa* cachorrinha.

E, se Anthony adotá-la, então terei uma chance de vê-la de novo.

Quero dizer, se eu voltar.

Mas talvez não seja o que ele quer?

Fiorella faz um som alto de reprovação.

— Isabella ia te dar um pescotapa se você tentasse abandonar alguém que precisasse de você. Foi assim que você foi criado, Antonio?

Um silêncio recai sobre a mesa, e tenho o sentimento de que todos estavam esperando alguém fazê-los pensar sobre quem não está aqui esta noite. E agora, Fiorella finalmente o fez. Todos, exceto eu, olham para baixo. Luke faz questão de prestar atenção em Mancada.

Tommy pigarreia, apoiando um braço grande e tatuado na mesa.

— Vamos dar um jeito — diz ele.

Carla assente.

— Sempre damos.

Tudo o que posso fazer é tentar não prender o ar de forma audível, ignorar a sensação de formigamento nos olhos. Anthony estava errado mais cedo, no parque — ninguém aqui está fingindo que essa noite é igual a todos os outros Natais. Todos ao redor dessa mesa — com expressão contrita, olhos estreitos, pálidos — sentem a ausência da mãe dele (que inferno, até eu sinto e sequer a conheci). Estão tentando descobrir: o que fazer *agora*?

Estou com medo de que, se continuar encarando por muito tempo, o que estou pensando ficará nítido. Também me preocupo que, se fizer contato visual com Anthony, talvez comece a chorar por ele, então fico só olhando para a comida.

— Ela tem um apetite e tanto. — Fiorella assente para Anthony, como se aprovasse a escolha da convidada para o jantar.

Sinto um tapinha no ombro e me viro para encarar Carla. Os olhos castanhos profundos reluzem com lágrimas contidas, e sei que ela só quer se manter ocupada.

— Então, Charlotte, agora você mora por aqui?

— Ainda não — responde Anthony.

Lanço a ele um olhar de (a) não responda por mim, e (b) nós falamos muito sobre isso esta noite, e a única coisa que não fiz foi tomar uma decisão de verdade.

— Eu cursei um programa de intercâmbio esse semestre — explico. — Para sentir como são as coisas por aqui antes de decidir se vou ou não voltar para a faculdade ano que vem.

Carla levanta e vai até o balcão, pegando uma garrafa de vinho.

— Ainda não se decidiu? — Ela segura a garrafa, me perguntando se quero um pouco.

Balanço a cabeça.

— É uma decisão importante.

— Mas são seus estudos — argumenta Carla, servindo uma grande taça para Frank. Algo no jeito como faz isso — um gesto automático, quase robótico, como se fizesse milhares de vezes por dia, todos os dias — e o fato de que ela tem o mesmo nariz aquilino de Tommy, levemente inclinado para a esquerda, preenche a lacuna: Carla é casada com Frank e é irmã de Tommy.

Carla percebe que estou a observando.

— O quê?

— Não, nada — respondo. — Só estava tentando descobrir quem era casado com quem, mas agora vejo que você e Tommy definitivamente são irmãos.

— Não dá para enganar — brinca Tommy.

Carla volta a se sentar e serve a bebida para ela mesma.

— Você deveria apostar todas as fichas — diz ela. — E Columbia é uma faculdade excelente. Não é, Anthony?

— Eu gosto. — É tudo o que ele diz.

— Você deve aproveitar sua juventude ao máximo — prossegue Carla. — Seguir seus sonhos enquanto ainda tem energia para isso.

— Você segue seus sonhos — murmura Tommy —, dá o máximo de si, e pode ser que não tenha mais forças sobrando quando ficar velho. Se ela não quer se arriscar, não seja tão dura com a menina.

Carla revira os olhos para ele.

— É verdade. A maioria dos sonhos não se realiza, ao menos não para a maioria das pessoas. Mas ao menos você vai poder dizer que correu atrás deles. Isabella, ela... entendia isso.

Outra onda de silêncio recai sobre a mesa, essa parecendo mais pesada que a anterior, vindo logo depois da primeira. A voz de Tommy é a que quebra o silêncio ao sussurrar:

— É, ela entendia. Ela entendia.

Lembro-me de como Anthony estava na primeira metade de nosso tempo juntos, encolhido e destruído por coisas que não tinham a ver com Maya; sem querer voltar para casa. Ele não estava guardando tudo, estava com medo de falar a respeito. Porque falar sobre isso significava encarar, e encarar significava reviver o luto de perder uma mãe, uma esposa, uma cunhada... o objetivo de estar de luto é voltar ao normal, mas Isabella claramente era uma parte tão grande daquela família que nenhum deles tem certeza do que "normal" vai ser agora.

— Sinto muito por sua perda.

Todos olham para cima, os rostos sem energia, os olhos correndo de um lado para o outro. Lábios apertados, como se não confiassem neles mesmos para segurar o choro. Tommy e Luke assentem, agradecendo. Frank olha para o teto, balançando a cabeça levemente. Anthony me encara, e preciso me obrigar a sustentar seu olhar porque, de repente, estou preocupada de ter dito algo completamente errado.

— Você é uma garota legal. — Essa é Carla, de novo, em seu rosto um sorriso discreto, mas sincero. Então ela sacode a cabeça. — O câncer é uma coisa terrível, mas a gente precisa seguir em frente, né? — Então ela sorri para mim, de um jeito que me diz que é tudo de que precisam, ou querem, falar agora. — Então, o que tem de errado com você, Charlotte? Você ganha essa ótima oportunidade e quer abrir mão?

— Não é isso — digo. — Eu só... tenho muito o que pensar a respeito.

Fiorella bufa.

— Isso parece ter a ver com problemas com algum garoto.

Não digo nada, apenas encaro meu macarrão frio, me perguntando como já consegui comer tanto.

— Bem, vou dar a você o conselho que eu gostaria que alguém tivesse me dado quando tinha sua idade. — Olho de volta para Carla, e dá para ver que, seja lá o que ela tenha a dizer, deve ser mortalmente sério: ela soltou o garfo e a faca. — Nunca tome uma grande decisão baseada em como encaixar um homem nela. Uma mulher só é uma mulher quando está pensando por conta própria, fazendo por ela mesma. E, de qualquer forma, a maioria dos homens não vale nosso choro.

Tento não fazer isso. Tento manter meu olhar fixo em Carla. Mas não consigo. Eles voam para Anthony, apenas por uma fração de segundo.

— Bem — diz Carla, voltando a comer, outro sorriso gentil brincando nos lábios. — Alguns devem valer. — Então ela olha para Anthony. — Estou feliz que tenha trazido Charlotte em vez da outra. Ela era bonita, mas também era muito cheia de si.

*

Depois que comemos, levo Mancada ao quintal dos fundos, deixando-a dar uma volta — e fazer suas necessidades —, enquanto a família Monteleone se recupera aos poucos do lado de dentro. A luz da cozinha ilumina um pouco o jardim que, assim como o gramado, está malcuidado, abandonado. Aceno para Anthony, visível pelo vidro. Ele está parado ao lado de Carla, lavando os pratos para ela secar. À medida que a mesa foi sendo esvaziada, Carla perguntou quem ajudaria. Todos resmungaram, se oferecendo, e Carla escolheu Anthony porque "ele é o único bom".

— E aí.

Luke surge no quintal, outra cerveja na mão. Estou aqui há menos de meia hora e acho que essa já é sua terceira.

Espero que ele não tenha plantão amanhã.

Seus olhos estão arregalados quando sorri.

— Então, como foi sua primeira experiência com o Natal americano?

Olho para Luke, mas posso ver a silhueta de Anthony pela janela, e, por alguma razão, isso me deixa consciente sobre como agir perto de Luke.

— Foi ótimo — respondo. — Mas ainda não sei como todos vocês vão conseguir dormir hoje à noite com a barriga cheia de espaguete.

Luke ri para mim, segura a cerveja como resposta. Sorrio de volta para ele do jeito mais discreto que consigo.

— Bem — diz ele —, não acho que vai demorar tanto assim para você se acostumar com isso. Você vai adquirir o paladar de um nova-iorquino em pouco tempo.

— Bem, isso se eu aceitar a vaga em Columbia.

Luke revira os olhos para mim.

— Você não pode recusar. É uma oportunidade muito boa. Além disso, Nova York tem muito a ganhar com mais inglesas elegantes pelos campi.

— Vamos indo?

Anthony aparece na porta dos fundos, e, ainda que sua expressão não seja o olhar mortal de não-mexa-comigo que ele deu para aquele lá na festa, dá para perceber que não está gostando do que vê. Luke se vira para olhar o irmão, então me sinto livre para lançar a Anthony um olhar que diz *qual-é--seu-problema?* Já passa da meia-noite e está frio para cacete. Sendo sincera, ficaria feliz em ficar curtindo dentro da casa quentinha, comer mais um pouco da comida deliciosa de Carla e ficar acordada até a hora de ir para o aeroporto.

Mas Anthony parece que realmente quer ir, então me viro e chamo Mancada, que sai das sombras.

Vou dizer uma coisa sobre essa cachorrinha: ela pode ser barulhenta, agitada e *sempre faminta*, mas aprendeu o próprio nome ridiculamente rápido. (Talvez seja um desses cachorros superdotados!). Pego Mancada no colo e sigo Anthony para dentro enquanto ele enfia a cabeça na sala de estar e anuncia que estamos indo embora.

O resto da família Monteleone pensa que somos completamente malucos por voltarmos para a rua tão tarde. Tommy pergunta por que diabos alguém gostaria de ficar andando sem destino sendo quase uma da manhã.

Anthony ergue as mãos em rendição.

— Charlotte precisa voltar para o aeroporto.

Eu preciso?

— Ah, Anthony. — Carla está se levantando do sofá, soltando a mão de Frank. — Tenho um negócio para você. Venha comigo.

Eles desaparecem no andar de cima por dois minutos, e, quando voltam, Anthony está carregando uma bolsa de tecido com um pesado lençol de flanela.

— Era o favorito do outro cachorro — explica Carla.

— É, era do Max — explica Anthony, e acho que seu sorriso é fruto das lembranças passando por sua cabeça. — Tinha me esquecido de que isso estava aqui.

Colocamos Mancada dentro da bolsa e nos despedimos. Pego minha ecobag e penduro no ombro enquanto Anthony carrega Mancada. Quase nos transformamos em estátuas de gelo ao colocar os pés na rua.

— Hmm, aonde estamos indo? — pergunto, apertando meu maxilar para evitar que os dentes se quebrem ao trincar. — Não é mesmo para o aeroporto, né? Ainda tenho horas até o voo.

O que não pergunto: ele quer me abandonar?

Anthony aponta para a ecobag.

— Você quem diz.

Certo. Próximo passo. Não acredito que acabamos fazendo o livro todo!

Eu o tiro da bolsa, folheio até o capítulo de que preciso.

— Bem, de acordo com Dra. Lynch, tudo o que nos falta é "fazer algo que nos ajude a ter perspectiva". E imagino que depois disso vamos ter superado... eles. — Dou uma risada incrédula, mas Anthony parece tão sério quanto estava ainda há pouco no quintal.

— Um pouco vago, não?

Ele tem razão. Perspectiva. Como conseguir?

Antes que eu possa me livrar da ideia que acabei de ter, seguro a mão de Anthony. Sinto um arrepio de animação quando ele a aperta de volta, nossos dedos se entrelaçando na sintonia perfeita.

— Para a estação de metrô mais próxima, agora!

~~8. FAÇA ALGO QUE TE ASSUSTE UM POUCO~~

CAPÍTULO DEZ

ANTHONY

10. FAÇA ALGO QUE TE AJUDE A TER PERSPECTIVA

Quando se está em um relacionamento, é muito fácil manter o foco limitado no Agora — no parceiro a sua frente e no que você está fazendo hoje. Mas cada passo dado nessa jornada em direção a um novo Você foi uma preparação para O Que Vem Em Seguida. Esse último passo reúne todos os nove anteriores — você deve se dar o tempo e o espaço para observar a jornada que fez. Apenas assim terá confiança suficiente de que, sim, você irá mais longe amanhã.

00H55

Um dos poucos benefícios de ser véspera de Natal — na verdade, já é Natal — em Nova York é que há vários bêbados no metrô causando atrasos e fechamentos de estações, o que significa que o trem pula uma parada ou outra, e a jornada de

Bersonhust a Manhattan é muito mais rápida que o normal. Passamos pela estação Broadway-Lafayette Street após termos entrado no vagão apenas quinze minutos antes. A cabeça de Charlotte se mexe em meu ombro, e eu como um pouco de cabelo. Então dou de cara com Mancada, que está na bolsa no assento a meu outro lado. Ela vem em minha direção quando me afasto, se esticando e lambendo a ponta de meu nariz. É melhor Charlotte não estar cochilando, porque na verdade não sei para onde ela quer ir. A caminho da estação de metrô, e enquanto passávamos pelas roletas e entrávamos na linha D, perguntei a ela:

— Então, aonde está me levando?

— Você vai ver — respondeu ela, todas as vezes.

Esse normalmente era o tipo de coisa que me irritaria. Mas, a cada vez que ela dava a resposta evasiva e sorria, eu me via sorrindo de volta.

E agora estou me lembrando do que tia Carla disse enquanto buscávamos a bolsa de Max no andar de cima.

— Você deu sorte hoje, querido — disse ela, remexendo o armário no quarto de meus pais. O closet-intocado-havia-um-ano de minha mãe.

— Do que você está falando? — perguntei, ainda que tivesse uma ideia. Aquela era a única forma de explicar porque estava me sentindo *aliviado* — aliviado que outra pessoa estivesse dizendo isso antes de mim, me provando que eu não era louco, que não estava sendo precipitado.

— Você não pode perdê-la — disse ela, sorrindo e mexendo a cabeça para mim, como se eu não estivesse entendendo. — Aquela garota lá embaixo é muito bacana.

Pude sentir o sorriso atingir meu rosto ao mesmo tempo que um turbilhão me agitou por dentro. De uma só vez, estava empolgado por tia Carla ter visto isso também, e quase doente de incerteza. Porque houve tempos em que eu estava absolutamente certo de que Maya e eu éramos Para Sempre, mas o Para Sempre durou apenas um ano e terminou no aeroporto JFK. Se o dia de hoje me ensinou alguma coisa é que eu nunca vou saber o que diabos uma garota está pensando. A única coisa que sei agora é que Charlotte é outra garota que vai me abandonar no Natal. Ok, ela iria fazer isso de qualquer jeito, porque, sabe, tem a Inglaterra, sua vida lá, a família e tudo mais — mas ainda assim. Até onde sei, as meninas não tendem a ficar por perto.

A sensação estava de volta. Como se eu tivesse engolido vidro e agora ele estivesse alojado em meu peito.

— Arrisque seguir em frente — disse tia Carla, parada no closet, guardando com cuidado as roupas dobradas que tinha tirado do lugar para pegar a sacola. Tudo estava de volta exatamente ao mesmo lugar, como se nunca tivessem mexido ali — como se nada tivesse mudado. Nossa família não era muito de "seguir em frente".

— Ela vai para casa em algumas horas — repliquei. — E nem sabe se quer voltar.

— Ela vai — respondeu tia Carla, me entregando a sacola. — Ela terá uma viagem de avião inteira para pensar no assunto, e, na hora que pousar, vai ter certeza de que quer voltar. Mas ela só vai chegar a essa conclusão se ela *souber* que há algo aqui para o qual voltar. Então você precisa demonstrar.

Ao lembrar do que minha tia disse, repouso minha cabeça na de Charlotte, o cheiro de lilases em seu cabelo me causa um pouquinho de tontura. É bom estar perto de alguém, e que essa proximidade seja tão tranquila e pareça tão natural quanto é com Charlotte. Carla me disse para demonstrar, mas e se não for o que ela quer? Quero dizer, ela não demonstrou nenhum interesse por mim, demonstrou? Ela nem pensou que poderíamos nos beijar na Smooch até eu falar, e então ela meio que pirou depois de dizer *uhum, ok*. E não tocou mais no assunto desde então. E talvez ela definitivamente estivesse flertando com meu irmão no quintal, logo antes de irmos embora.

Digo a mim mesmo que posso dar um fim a essa confusão se perguntar a ela o que quer, o que sente. Mas como fazer isso? Aqui mesmo, em um trem da linha D? Tem um *yuppie* deitado de lado no assento a nossa frente, falando durante o sono sobre... algo a ver com meias, sei lá. Vou fazer isso no aeroporto? Antes que ela vá embora (possivelmente para sempre)? Que bem isso pode trazer?

Vou deixar ela saber que há um motivo para voltar. Que existe mais em Nova York que aquele hipster idiota.

Além disso, não tem como saber o que ela sente se você não perguntar. *Então, pergunte...*

Mas tem uma coisa que preciso perguntar antes disso. Eu me odeio por não ser capaz de evitar, mas simplesmente não posso deixar passar.

— Ei — digo, erguendo gentilmente o ombro em que ela está apoiada. Ela me olha por trás das mechas de cabelo que caíram pelo rosto, e preciso me segurar para não as afastar. Isso pode levar a uma pergunta depois da que vou fazer. — O que você e Luke estavam conversando no quintal?

— Nada de mais — responde ela no mesmo instante, sem dar nenhum sinal de que esteja pensando nos motivos de minha pergunta. — Acho que ele estava me maçando, só isso.

Ótimo — como se *agora* eu precisasse de legendas.

Ela vê minha expressão e esclarece, falando com um bocejo:

— Acho que você diria que ele estava "me importunando". É isso? Ele não estava interessado em mim, só queria te deixar com um pouco de ciúmes, para ver se você caía. — Ela deita de novo em meu ombro. Boceja outra vez. — É isso que vocês fazem um com o outro, né?

Uma hora em minha casa e ela conseguiu captar. Maya passou um ano comigo e nem chegou perto. Sempre flertava de volta. Maya jamais conseguia recusar atenção, mesmo que isso me envergonhasse em frente de toda a família.

Vamos lá, cara. Charlotte compreende, ela entende você.

Apenas fale.

— Bem, Luke sempre foi muito bom em me irritar. — Não apoio minha cabeça contra a dela de novo, porque, do jeito que meu coração está batendo forte, acho que eu a assustaria. — E ele tinha certeza de que ia funcionar essa noite, porque... bem, acho que ele estava aprontando alguma. Eu, hmm... eu... — Cara, por que tem que ser tão difícil?

"Eu... tinha um motivo para ficar com raiva. Se você me perguntasse essa tarde se eu poderia ser feliz de novo, provavelmente eu riria na sua cara. Porque acho que nunca me senti tão pouco eu mesmo depois que... depois do que aconteceu no aeroporto. Mas poucas horas com você foram tudo de que precisei para me sentir melhor. Isso é incrível para mim. Sendo bem sincero, eu não faço a mínima ideia de aonde isso vai nos levar. Mas eu só... me lembro de te ver pedalando depois que fomos ao John's, me perguntando se essa noite poderia ficar mais aleatória do que já estava e pensar... 'quero descobrir'. É assim que me sinto agora. Sei que tem algo aqui hoje. Amanhã, depois...?

"Só quero descobrir."

Um pouco além de "apenas fale", hein? Não embromei, eu estava em cima do touro, fazendo passinhos de Michael Jackson e de *Gangnam Style* ao mesmo tempo. Provavelmente a única coisa que realmente consegui foi deixá-la com sono.

— Eu sabia que você me amava — não houve nenhuma pausa entre as palavras, mas o tempo pareceu desacelerar apenas para mim, então consigo aproveitar o gostoso frio na barriga antes que eu possa ouvir o que vem depois, que me revira o estômago —, Colin.

Então sua voz e respiração se transformam em um ronco. Ela está cochilando — provavelmente estava há um tempo — e sonhando com o ex, o cara que partiu seu coração, que a humilhou na festa.

Estou bem aqui na sua frente, e ela ainda está sofrendo por *ele*. Mesmo em outra dimensão, sua realidade paralela, Colin ainda é Colin, e ela ainda o ama.

Mais uma vez, sinto que engoli um pedaço de vidro, só que — dessa vez — também me sinto prestes a vomitá-lo.

Sou tão *idiota* por não perceber que ela não superou. Ela chegou a considerar desistir dos próprios sonhos porque não conseguia estar no mesmo país do garoto que a abandonou. Também sou um idiota por pensar só agora que não houve nenhum sinal de que ela realmente gostasse de mim, e por, ainda assim, ter escolhido ignorar. Não sou nada para Charlotte além de um imbecil do Brooklyn que decidiu segui-la, aonde quer que ela fosse, porque, como um idiota, ele queria "descobrir".

Sento e fico nervoso durante todo o trajeto até a estação da West Fourth Street, xingando a mim mesmo mentalmente, quando o alerta acorda Charlotte. Ela esfrega o rosto, coloca o cabelo atrás da orelha.

— Onde estamos?

— West Fourth Street — respondo, mantendo a voz equilibrada, tranquila. A voz de alguém que não está realmente tão incomodado assim. — Sabe do que mais? Se você está caindo de sono, talvez a gente devesse pular o último passo.

— O quê? Não. Eu quero...

— Você está cansada. — Eu me ajeito para a direita, o mais longe possível. Olho para a frente, mas sinto Charlotte encarando minha bochecha. — Você tem aquele voucher do hotel que ganhou da companhia aérea, não tem? Ainda deve dar para usar, dormir um pouco antes do voo.

— Mas só falta um passo. — Ela parece completamente confusa e totalmente determinada ao mesmo tempo. — Nós *temos* que terminar.

— Você está cansada — repito. Não quero entrar em uma discussão sobre isso. — E se o hotel não aceitar o voucher depois da meia-noite, eu arrumo um lugar para você. Vou me sentir melhor sabendo que está segura. Pode não ser um quarto grande e chique, não sou nenhum babaca riquinho de Westchester, então tem um limite para minha generosidade. — Por que eu disse *isso*? — Mas posso garantir que você terá algum lugar para ficar.

— O que houve com você?

Estamos fazendo contato visual através do reflexo na janela enquanto as luzes do túnel do metrô passam. Sua expressão parece tão doída, tão confusa, mal consigo suportar. O *yuppie* bêbado está murmurando como ninguém deve deixar um "procurador" decidir sobre uma "depreciação", seja lá o que isso signifique.

— Não houve nada comigo — asseguro. — Eu só... acho que deveríamos parar.

Continuamos encarando um ao outro através da janela, o trem desacelerando para a próxima estação.

Blim blom.

— Esta é uma conexão do Bronx com a Linha D. A próxima parada é a 34th Street-Herald Square.

O trem para com um apito que soa desanimado, o tranco do vagão forçando Charlotte a esbarrar em mim.

— Tudo bem. A gente ia descer aqui de qualquer jeito.

Ela está de pé, indo para as portas que se abrem. Já passa de uma da manhã, então não há ninguém para atrasá-la. Vejo-a sair. Uma garota inglesa abandonada, presa no metrô no Natal, e que acaba de ouvir do único amigo em Nova York para dar o fora. Eu deveria simplesmente deixá-la ir.

Mas estou levantando do assento porque — apesar de tudo — eu realmente não quero ficar longe dela.

— Char...

Congelo com o som de um uivo atrás de mim, viro nos calcanhares. Mancada! Estava tão envolvido naquela espécie de briga com Charlotte que quase esqueci a cachorrinha.

— Ah, venha cá, garota — digo a ela, pegando a bolsa. — Sinto muito. Não queria te abandonar.

Blim blom!

— Por favor, afastem-se das portas se fechando.

— O qu...

Mesmo enquanto estou me virando, sei que não vou alcançar. As portas já estão se fechando.

Merda!

Vejo Charlotte na plataforma. Ela está se afastando do trem, gesticulando com uma das mãos. Falando comigo, sem perceber que não estou atrás dela. Provavelmente me xingando por estar nos atrasando.

As portas batem, me trancando dentro e deixando-a na plataforma. O som faz Charlotte perceber que não estou lá, finalmente, e ela vira de costas. Nós dois apenas nos encaramos enquanto o trem D se afasta da plataforma, dirigindo-se para a 42nd Street.

Corro para a porta e espalmo minha mão livre contra o vidro, querendo dizer a ela... o quê?

Espere por mim?

Acho que talvez eu ame você?

Mas não há tempo. Antes que eu consiga me recompor, sou sugado de volta para a escuridão do túnel do metrô.

Abraço uma Mancada chorona mais perto de mim e caio de volta no banco, e o *yuppie* de repente acorda sobressaltado, parecendo assustado.

Não posso acreditar. Charlotte caiu de paraquedas em minha vida mais cedo. Agora, estou sendo arrastado para longe dela!

CAPÍTULO ONZE

CHARLOTTE

01H10

— Por favor, afastem-se das portas se fechando.

— Sério — estou dizendo a Anthony ao pisar na plataforma —, você está satisfeito em parar agora? Quando só temos um passo sobrando? Eu nem tenho TOC, mas isso me faz...

Algo no barulho das portas se fechando, batendo, me obriga a virar. Quando faço isso, vejo Anthony ainda no trem, segurando a bolsa com Mancada. Ele ouviu o anúncio, mas não se dirigiu à porta.

Sinto meus ombros caírem. Olhamos um para o outro durante os dois ou três segundos em que o trem permanece na estação. Anthony dá um passo até a porta, mas não diz nada nem move os lábios.

Então o trem dá um solavanco em direção a 42nd Street.

Ele está preso no trem. Por acidente? Ou... de propósito?

Só tem um jeito de descobrir. Coloco a mão na bolsa para pegar meu celular, mas assim que desbloqueio a tela, lembro que nunca anotei o número de Anthony. Eu mal precisei dele esta noite, porque nós passamos, provavelmente, o grande total de onze minutos longe um do outro desde que lhe joguei a porcaria dos *Dez passos fáceis*. O incidente que me jogou nessa bagunça, para começar.

Tudo bem, não é um completo desastre. Ele só vai saltar na 42nd Street, entrar no trem de conexão para o Brooklyn e voltar. Se quiser voltar.

Obviamente, é isso que ele vai fazer, certo? Eu me recuso a pensar na outra opção agora. Não acredito que a última imagem que terei de Anthony é seu rosto aturdido enquanto o trem se afasta da estação da 34th Street. Então eu subo e atravesso para a plataforma de conexão para o Brooklyn, onde sento em um banco, na esperança de estar no lugar certo. (Ele iria pegar uns dos trens laranjas para voltar, certo? Não teria nenhum motivo para ele mudar para o amarelo — ou algo completamente diferente? *Meu Deus, eu adoraria ter passado mais tempo nessa cidade!*).

Espero cinco minutos. Um trem da Linha F encosta, e três passageiros desembarcam — nenhum deles é Anthony. As portas se fecham, e ele range de volta para o túnel.

No silêncio que segue, engulo em seco. Está me irritando, não importa o quanto eu tente não pensar nisso.

Foi um acidente?

Ok... repense, Charlotte...

Mas é difícil pensar nisso agora, porque tudo pareceu tão estranho.

Por que ele não queria mais fazer os passos?

Ele chamou Colin de babaca riquinho de Westchester. E estava certo. Ao menos em uma dessas afirmações. Mas por que ele disse isso? Ele estava falando sobre "babacas de Westchester", dizendo que não era um...

Ele não era um, mas poderia arrumar um quarto de hotel para mim. Por quê? Ele estava tentando me abandonar? Depois de tudo que passamos juntos? Não, isso não faz nenhum sentido.

Faz?

Dez minutos se passam, e mais duas conexões do Brooklyn ressoam pela estação na outra plataforma. Nas duas vezes, poucas pessoas descem, e nenhuma delas está carregando uma buldogue em uma bolsa.

Ele não vai voltar.

Ele me abandonou aqui... Que merda é essa?

Olho de um lado para o outro da plataforma — desolada, um pouco com cara de o-mundo-está-acabando — e me pergunto: se Anthony *não* vai voltar, o que faço em seguida? Estou presa em Manhattan, no meio da noite, e nem tenho o número do cara que eu diria que é meu melhor amigo na cidade. Poderia ligar para Colin, talvez, se ele conseguisse se afastar de Katie...

Espere um segundo. Por que Colin está parecendo mais familiar de repente? Como se eu estivesse falando com ele... em sonho.

AimeuDeusaimeuDeus, eu *de fato* estava pensando em Colin enquanto cochilava. Está surgindo para mim agora, a lembrança retornando, como se um intervalo comercial tivesse acabado de terminar.

Estava relembrando a festa de Kate, a varanda, como eu olhava para Colin — do mesmo jeito que seis horas antes, exceto que, dessa vez, ele estava segurando minha mão, como se não conseguisse não me tocar. Como se estivesse me agarrando por precisar de mim por perto, por não suportar ficar longe; e "longe" era classificado como qualquer distância maior que um metro. Ele estava me dizendo que tinha sido um idiota por ficar com Katie, e que realmente *disse* aquilo quando estávamos no Rockefeller Center. Eu não imaginei isso. Ele me amava.

E eu disse... ai, Deus, o que eu disse?

O que eu disse?

Eu sabia que você me amava, Colin.

Mas na memória remaginada, eu não estava feliz. Em vez disso, estava presunçosamente satisfeita por ter tido razão todo o tempo, por ele confessar ter sido um idiota. Que se arrependia de ter sido tão cruel comigo, alguém que realmente não merecia isso. Eu estava me preparando para dizer isso a ele.

Mas então me desliguei, e, quando acordei, Anthony estava agindo de maneira estranha. Como se quisesse provar que todos os caras eram iguais — temperamentais, irritáveis, *irritantes.*

Deixo escapar um suspiro profundo. Eu deveria sair da estação agora mesmo. Não posso ficar esperando aqui sozinha. Seguro firme minha bolsa ao lado do corpo e corro para fora, saindo na Herald Square. Eu só estive aqui, tipo, duas vezes desde que cheguei, mas ainda parece surreal o quanto está deserta. Uma faixa de tráfego após a outra, tão vazias, tão silenciosas que, quando um carro passa por mim, o som do motor me faz pular. As luzes da rua cortam a noite, tornando tudo absurdamente visível, mas sou grata a elas — é menos assustador desse jeito.

Por um segundo, penso em voltar para Bensonhurst, acordar a família dele às duas da manhã, explicar como nos separamos. Eu pegaria seu número e ligaria para perguntar se estava bem... depois de chamá-lo de imbecil por me abandonar! Mas vamos ser sinceros: qualquer cara que abandonasse uma garota sozinha depois de uma da manhã, no meio de Manhattan — em pleno *Natal* — não atenderia o telefone. E por mais furiosa que esteja com ele, não quero deixar as coisas esquisitas com sua família. Deixei que ele visse todos os meus lados, e ele *fugiu*.

Que panaca!

Mas o que *aconteceu*? Por que ele, de repente, passou a agir como um cavalo comigo? Por que ele decidiu, de repente, que não queria fazer o último passo, que, na verdade, estava mais que feliz em gastar algum dinheiro para se livrar de seu problema chamado Charlotte e me abandonar em algum hotel até meu voo amanhã? Quero dizer, eu estava cochilando, estava sonolenta na hora — como eu posso ter irritado um cara enquanto não estava *completamente consciente*?

Corro minhas mãos pelo cabelo, então balanço a cabeça e tento despertar. Mas o cansaço que sinto é como um punho gigante e pegajoso empurrando a parte de trás de minha cabeça. Só quero dormir. Só quero ir para casa. Só quero encontrar Anthony e perguntar a ele que *merda* foi aquela? Nas primeiras horas do Natal você me abandona — *e* rouba nossa cadela?

Caminho em uma direção, então na outra, sem ter muita certeza de para *onde* estou indo. Então me viro e olho de volta na direção da estação 34th Street-Herald Square, esperando ver Anthony e Mancada correndo em minha direção. Mas a rua está deserta, as vitrines fechadas da Macy's parecem tão austeras que a noite está começando a lembrar um pouco uma distopia.

Ele não vai voltar. Ele foi embora.

*

Por alguns minutos, ando sem rumo pela 34th Street, tentando não pensar sobre como Midtown parece um pouco apocalíptica; qual o motivo de estar tão vazia a essa hora da noite? Os táxis parecem rastejar, e imagino os motoristas dentro dos veículos olhando de um lado para o outro em desespero, tentando encontrar sobreviventes.

E agora, o quê? O último passo dizia para "fazer algo que o ajudasse a ter perspectiva", mas a única perspectiva que tenho agora é de uma cidade vazia e sombria. Cidade vazia e sombria onde — *aparentemente* — não tenho nenhum amigo. Não as meninas da Sacred Heart, o tipo de garota que ficava com meu namorado no minuto que eu terminava com ele, e nem Anthony, minha companhia no que começo a julgar uma jornada a lugar algum.

Quer saber? Que se dane, não vou ficar parada no frio e esperar que ELE me agracie com sua presença.

Vou fazer o que estava planejando fazer quando saí do trem.

Vou ao Empire State Building.

Trompetes soam de minha sacola. Meu celular — um alerta de mensagem! Talvez Anthony tenha descoberto meu número de algum jeito? Não seria *tão* difícil assim.

Mas é só uma mensagem da companhia aérea, me informando que, devido a todos os atrasos e cancelamentos, eles programaram voos extra de emergência para Londres. O próximo decola às cinco da manhã, e meu nome está na lista. Eu poderia chegar em casa para o jantar. Não vou ter que desviar dos spoilers de *Doctor Who* por um dia! *Esse* é um milagre de Natal!

Mas se eu fizer isso — se eu seguir para o aeroporto agora —, Anthony nunca vai me encontrar se ele ao menos voltar atrás (e por que ele faria isso se me dispensar era sua verdadeira intenção?). Eu *nunca* mais vou vê-lo... meu Amigo de Um Dia em Nova York, que eu estava começando a esperar que pudesse se tornar algo mais. Posso estar voltando para casa e para família, que eu amo, mas sei que a única coisa que realmente vou sentir é a falta de... de quê? De Anthony? Não, isso não está certo, eu mal o conheço.

Acho que vou ficar pensando no que poderia ter acontecido.

Eu me viro para encarar a entrada da estação, completamente imóvel e dando o máximo de tempo possível para que meu Amigo de Um Dia possa surgir na rua, trazendo nossa cachorrinha nos braços e um pedido de desculpas no rosto. Mas ninguém está saindo da estação.

Confiro meu relógio, vejo que faltam quase quinze para as duas.

Se eu nunca voltar a Nova York, de jeito algum vou embora sem cumprir o Décimo Passo. E se os horários que vi no celular forem confiáveis, o observatório fecha às duas da madrugada — todas as noites.

Vou me afastando da estação, em direção à Quinta Avenida.

CAPÍTULO DOZE

ANTHONY

01H12

Merda, como pude ser tão idiota?

Charlotte vai pensar que eu a deixei para trás de propósito, ainda mais depois de ter feito toda aquela cena sobre pagar um quarto e não me importar com o último passo. Ela provavelmente nem reparou no que disse — para ela, deve ter parecido que subitamente me transformei em um babaca.

Sei que Charlotte balbuciando sobre Colin enquanto cochilava não significa que ela realmente quer voltar para ele.

Sento no banco do trem com Mancada, segurando-a perto de mim enquanto tento descobrir o que fazer em seguida. A próxima parada é a 42nd Street, então posso descer e voltar. Charlotte deve levar um tempo para se recompor. Ela ainda deve estar lá quando eu voltar para Herald Square...

No túnel, um trem em direção ao Brooklyn passa ao lado do meu, seguindo na direção contrária. *Está tudo bem, está tudo bem*, digo a mim mesmo. *Devo ter que esperar por algum tempo na 42nd Street por alguns minutos, mas ela com certeza vai me esperar voltar. Ela vai estar lá.*

Mas, de alguma forma, tenho a sensação de que não vai. De que interpretou meu desaparecimento repentino como se a tivesse abandonado. Deixado ela para trás e roubado nossa cachorra. Tento me acalmar, tento me convencer de que estou exagerando, mas não consigo evitar — a situação é um desastre total. Uma noite maravilhosa e vai dar merda logo no final. E, ao contrário de meu último relacionamento, é tudo culpa minha, porque sou *eu* que está ferrando tudo. Estava com uma garota legal, inteligente, gentil e centrada — que parecia gostar de mim, que parecia me *entender*, que *escolheu* passar sua última noite na cidade comigo. E justo quando estávamos encaminhando a noite — o que, considerando tudo, tinha sido praticamente perfeita — para um encerramento, eu vou e estrago tudo, dizendo algo que é uma Parvoíce Total.

Nem sei se estou usando a palavra do jeito certo, mas realmente começo a falar como ela em minha cabeça! *Vamos, metrô, chegue logo à 42nd. Por favor!* Só dessa vez, quero que algo dê certo. Porque, se não der, se eu não voltar logo para a estação 34th Street-Herald Square, vou ter perdido Charlotte para sempre. Não tenho a menor chance de encontrá-la, porque — idiota como sou — sequer peguei seu sobrenome. Não posso procurar por ela no Instagram ou algo do tipo. Meu post de "Contatos perdidos" no Craigslist provavelmente seria algo tipo: "Seu nome é Charlotte e você é inglesa. Você é engraçada quando xinga e estava com medo de fazer esquibunda até tentar. Tivemos a melhor noite de todas, e eu sou o idiota que deixou você sair do metrô."

O trem em que estou preso desacelera até parar no meio do túnel. O maquinista usa o sistema de alerta para nos informar — bem, me informar, já que sou o único passageiro consciente no carro — que tem uma pessoa passando mal no trem à frente, que essa pessoa está sendo socorrida e que por isso ficaremos presos aqui por alguns minutos.

Mancada me olha e choraminga.

— Vamos encontrá-la — sussurro.

*

— Eu sei, eu sei — digo para Mancada, arfando. Estou sem ar de tanto correr, e a cachorrinha late, irritada com o quão forte a aperto contra o peito. Ou ela está com medo que eu a derrube ou a sensação de meu coração acelerado contra sua orelha é incômoda. — Vai valer a pena se ela estiver aqui.

Meu Deus, espero que Charlotte ainda esteja aqui.

De acordo com o relógio de meu celular, meia hora se passou desde que Charlotte e eu nos separamos até a hora que voltei para Herald Square. Depois da parada, perdi um metrô que fazia ligação para o Brooklyn, e então esperei na plataforma pelo que pareceu uma eternidade, mas provavelmente foram mais ou menos cinco minutos.

Agora estou aqui. Com certeza Charlotte me daria meia hora?

Mas quando chego à plataforma da 34th Street-Herald Square, ela não está em lugar algum. Eu até chamei por ela, mas tudo o que recebi de volta foi meu próprio eco. Corro por toda a plataforma, mas a única pessoa aqui é um cara em uma jaqueta cargo por cima de uma camisa xadrez, tão parecida com a minha que começo a me perguntar se estive alucinando esse incidente inteiro. Talvez eu esteja cochilando na Linha D o tempo todo, talvez ainda esteja sentado ao lado de Charlotte, indo em direção ao centro.

Então Mancada mordisca meu braço, tipo, *Sério, pai, pare de correr*, e não posso mais negar que é real. Isso realmente está acontecendo.

Charlotte não está aqui.

Eu paro, sento no banco e deixo Mancada se acalmar. Estraguei tudo. Sou tão imbecil. Charlotte não era minha chance de superar Maya, não era minha chance de redenção, nada disso. Era uma garota que conheci, gostei e teria gostado se tivesse conhecido no melhor de meus dias.

E agora, eu a perdi.

Mancada late para mim — não sei dizer se ela está pedindo para ser colocada no chão ou me dizendo para superar e dar um jeito nisso. E, embora eu conhecesse Charlotte há menos de dez horas, acho que tenho uma chance de descobrir aonde ela foi. Só preciso *pensar*...

Ela estava indo a algum lugar, e era nesse bairro. Décimo Passo... Décimo Passo... algo a respeito de "ganhar perspectiva".

É óbvio. Percebo aonde Charlotte gostaria de ir. Não é a primeira vez que chego a essa conclusão esta noite, mas, dessa vez, não estou irritado — estou empolgado. De repente, a ideia besta e turística de Charlotte parece total e completamente perfeita.

Eu aninho a bolsa contra mim, tentando soar o mais convincente possível quando digo a Mancada:

— Ok, garotinha, vou precisar que você finja ser um bichinho de pelúcia agora. Não dá para ficar se revirando, se contorcendo e fazendo barulho... não se quisermos entrar no Empire State Building!

*

Estou dentro do saguão em dois minutos, e Mancada me deixa orgulhoso, permanecendo completamente imóvel na bolsa velha de Max. A bilheteira na cabine de vidro é uma mulher de meia-idade e, ao me aproximar, ela se levanta, colocando o celular no bolso. Tenho a sensação ruim de que está fechando por hoje. Quando me vê chegando, faz uma cara de "sinto muito".

— Só me diz uma coisa — peço, arfando —, uma menina inglesa passou por aqui nos últimos minutos? Você a viu ir embora?

— Nós temos vários turistas, querido — responde ela, voltando a inspecionar a própria bolsa. O crachá diz "Paula".

— Por favor, moça. São quase duas da manhã de Natal. Não deve ter *tanta* gente assim para você não lembrar.

Não sei se é o estalo em minha voz ou o latido de Mancada — como se dissesse: "ei, moça, o garoto está apaixonado!" —, mas, quando Paula me olha de novo, ela está me levando mais a sério. E por que não? Ninguém aparece no Empire State Building às duas da madrugada no Natal — com um cachorro —, perguntando por uma inglesa, a não ser que tenha um motivo muito bom!

Ela me olha e deve ver o desespero em meu rosto, porque assente e começa a digitar no teclado à frente.

— Tivemos uma aqui — diz ela. — Alguns minutos atrás. — Ela abaixa para resgatar o ingresso que imprimiu para mim, enquanto jogo algumas notas para ela. Estou pagando a mais pela visita, e não dou a mínima.

Paula me diz que não tenho mais que dez minutos. Ela precisa ir para casa.

Paula, eu te amo. Não tanto quanto amo Charlotte, mas você está bem perto do segundo lugar agora!

Pego dois elevadores até o observatório, mal esperando pelas portas se abrirem antes de pular dentro. Está quase deserto, exceto pelo velho casal a minha esquerda. Os dois têm um braço ao redor do outro e estão vestindo casacos de lã e luvas grossas idênticos, cachecóis cobrindo metade do rosto. Eles estão olhando para o oeste, acima do Hudson, em direção a Nova Jersey. Completamente satisfeitos, completamente felizes. Mas dane-se: estou procurando minha própria satisfação e felicidade.

O frio invernal está ainda mais forte aqui em cima. A neve voltou, forte o suficiente para Mancada se entocar e procurar abrigo no quentinho da bolsa.

Onde ela está?

É só agora que estou aqui que me pergunto: E se Charlotte encontrou a perspectiva dela e pegou um elevador para *descer*? E se passamos um pelo outro sem saber?

E se ela pensar que nunca tentei encontrá-la?

Não, isso não pode acontecer. Paula é minha cúmplice, né? Ela vai interceptar Charlotte e se certificar de que ela não vá embora, não sem mim.

Ela tem que estar ali. Mas percorro todo o observatório, ignorando completamente a vista magnífica passando por mim. O horizonte de Nova York poderia ser feito de papelão e isopor tão pouca é a atenção que lhe estou dando.

Só tem uma vista que quero ter.

E lá está ela, admirando o Hudson, olhando para — por que ela está olhando para *Nova Jersey*? Sei que ela não é daqui, mas vamos lá, garota. *Tanto faz.* Corro até ela e a faço virar para a direção certa... para mim. Assim que beijá-la, ela vai até esquecer que Nova Jersey existe (que é como se vive, na verdade). Toco seu ombro e...

Garota errada.

— Desculpe — digo para a mulher, que agora percebo estar na casa dos 30 e, quando começa a falar, ser russa. — Mil desculpas. Achei que era outra pessoa.

E aqui está o marido russo fortão, que não parece nem um pouco feliz por eu estar incomodando sua esposa.

— Sinto *muito* mesmo. Realmente, de verdade, eu não queria fazer isso. Posso tirar uma foto de vocês? Não? Bem, escutem, aproveitem sua...

E quando viro a cabeça em direção ao canto noroeste do observatório, minha voz falha — porque lá está ela. Uma silhueta olhando para a cidade, em direção a... Columbia. Dou um jeito de me livrar do casal de russos, então paro. Porque, por mais que eu queira vê-la e dizer tudo a ela, também quero que ela tome a decisão por conta própria. Nenhum cara — nem mesmo eu — deve ser um fator que a faça decidir pelo *futuro*. Eu acreditava nisso quando disse o mesmo sobre o hipster terrível, e acredito nisso do mesmo jeito agora. Se ela voltar para Nova York, precisa ser porque quer, quer eu esteja aqui ou não. Ela está completando o último passo — ganhando perspectiva e pensando sobre *tudo*.

Estou satisfeito em deixá-la ter esse momento, por quanto tempo ela quiser que dure, mas Mancada tem outra ideia. Logo que ela funga o ar e sente o cheiro da mãe, tenta se libertar de meus braços, e, quando eu a impeço, ela começa a latir. Seus latidos inicialmente são dispersados pela força dos ventos de dezembro, rodeando o observatório, mas eventualmente atingem o alvo.

Charlotte começa a se virar. Percebo o quanto estou nervoso. Ela parece atordoada, me encarando como se eu tivesse acabado de pedir para ela dividir três por dezessete — como se não pudesse, nem pela própria vida, imaginar o que eu fazia ali.

Mas *eu* sei o que estou fazendo aqui. Caminho direto até ela, trocando nosso cachorro de lado, esticando minha mão livre para pegar a dela. Puxo-a para mim e a beijo. Ela me beija de volta, segurando minha jaqueta com as duas mãos, me puxando para perto até que mal há espaço entre nossos corpos, nossos lábios...

Até que nosso cachorro cria uma brecha, nos afastamos para evitar suas lambidas entusiasmadas. Estamos rindo, e Charlotte se inclina para acariciar Mancada.

— Você é tão sortuda, e eu te adoro tanto, mocinha! — Então ela encara o chão, mordendo os lábios, emotiva de repente. — Eu te esperei. O que aconteceu? Por que você me deixou ir?

— Não era minha intenção — respondo, surpreso por conseguir falar. Parece que meu coração está tentando se espremer pelo meu peito, sair pela boca e se jogar aos pés de Charlotte. — Eu fui pegar Mancada, e as portas se fecharam e...

— Achei que você tinha decidido que a noite tinha acabado — sussurra.

Ela olha para cima, e posso ver seus dentes cerrados enquanto tenta manter a respiração sob controle. O ar frio e mordaz do céu de Manhattan deixou um brilho rosado em suas bochechas, que — para mim, agora — ilumina a noite.

Pego sua manga levemente outra vez, e a puxo para mim, seguro-a mais perto.

— Estou tão feliz que te encontramos.

Ela se aproxima e encosta a testa contra meu peito, ainda afagando o focinho de Mancada.

— Eu não acredito... eu realmente pensei que... — Agora ela enrosca os braços ao redor da minha cintura e segura firme. — Eu não imaginei que você tentaria me encontrar.

Lembro de algo que pensei e disse esta noite. Preciso dizer. Ela precisa saber.

— Olhe para mim...

Ela afasta a cabeça, olhando para cima. Seus olhos estão úmidos, mas as lágrimas não caem.

— Pensei que *você* tinha me rejeitado, no metrô — confesso. — Você estava dizendo uma coisa... sobre Colin. Você estava cochilando.

Seus olhos se arregalam.

— *Colin*? Aquele panaca?

Não posso evitar rir, e, depois de um segundo, ela ri comigo.

— Eu *estava* pensando nele — diz ela, silenciosamente. — Mas acho que o que realmente estava fazendo era o deixando *ir*. Deixando ir a ideia de que ele sequer tenha sido tão importante assim.

Estico o braço e toco sua bochecha, e ela olha para mim, sorri.

— Acho que nós dois estamos percebendo isso — falo. — As pessoas de nosso passado... talvez não signifiquem tanto quanto as pessoas em... — Minha voz falha, covarde demais para dizer.

Mas ela não é.

— Nosso futuro?

Apenas assinto, sorrindo.

Ela ri, balança a cabeça.

— Meu Deus, que *tipo* de pessoa nós somos?

Eu me inclino para a frente, deixando os lábios tocarem sua testa.

— Somos, tipo, um casal de idiotas, mas tudo bem. — Seus braços me apertam mais forte. Mancada se aninha entre nós.

Ela afasta a cabeça, assim pode olhar para mim, os olhos se estreitando, e dá para ver que está tentando recobrar alguma lembrança.

— Você... estava me dizendo algo. No trem... logo antes de nos separarmos.

— Eu disse muitas coisas no trem. — Beijo o topo de sua cabeça, tento evitar um calafrio com a fragrância de lilases. — Você estava bem cansada.

— Você consegue... — Posso sentir os batimentos cardíacos contra minhas costelas. Quase poderia ser a base para uma batida de *dubstep.* — Você consegue lembrar o que disse? Estou chateada por não ter conseguido entender tudo.

Fecho meus olhos e tento lembrar. Não estava realmente pensando no que dizia enquanto falava; era uma divagação, um fluxo de consciência.

Eu só estava dizendo o que parecia certo. É isso que eu deveria fazer agora.

— Se você me perguntasse hoje cedo se eu poderia ser feliz de novo, eu provavelmente iria rir na sua cara. Porque eu não acho que já tenha me sentido tão pouco como eu mesmo depois... do que aconteceu essa tarde. Mas não ligo mais para nada disso. Não acho que vou sequer pensar sobre isso de novo.

Não tenho ideia do quão próximo isso é do que disse no trem, mas eu *lembro* como terminei. E agora que ganhei uma segunda chance, preciso mudar uma coisa que disse.

— Sabe, mais cedo, depois de comermos pizza no John's, me perguntei o quão aleatória esta noite poderia ficar. Já estava bem ridícula àquela altura, e lá estava você, em uma bicicleta, dizendo para eu te seguir. Eu não fazia a menor ideia para aonde você estava indo, mas... eu queria saber. Era verdade naquela hora, é verdade agora.

"Eu *preciso* saber... sobre você, sobre nós. Quero descobrir todos os dias..."

O finalzinho de meu discurso é cortado pelo beijo que ela me dá, que é quase tão forte quanto a pegada com que segura meu pescoço — estou surpreso pela diferença, a evolução em beijar alguém que realmente quer beijar *você*. Só você.

Quando ela termina o beijo, nós dois estamos com a respiração pesada. Aquelas covinhas se aprofundam quando ela sorri, nós dois ignorando a neve que cai em nosso rosto.

— Eu te amo — diz ela, e estou surpreso por não estar surpreso. — Pode ser coisa de minha cabeça, mas eu amo.

Eu me inclino, apoiando minha testa contra a dela.

— Sinto muito por ter te abandonado — sussurro.

Ela desliza as mãos em volta de meu quadril, puxando-me para ela.

— Não, *eu* sinto muito. Isso não teria acontecido se eu não tivesse cochilado. Odeio ter feito isso. Não quero perder nem um segundo. Eu só estava... um pouco confusa. De repente, você estava me dizendo que deveríamos parar, que ia pagar pelo hotel e eu... eu não soube o que fazer.

— Gostei muito de você. Acho que foi por isso que doeu tanto quando te ouvi dizer o nome dele. Eu sabia o que você sentia por Colin.

Ela se afasta um pouquinho para ter certeza de que estamos olhando um para o outro, que estou levando a sério quando ela me diz:

— O que eu *achava* que sentia por ele. E quer saber? Se não tivesse te conhecido, se não tivéssemos feito... tudo o que fizemos, eu ainda estaria pensando que Col... que o que eu e ele éramos foi real. *Você* me mostrou que não.

Estou prestes a dizer alguma coisa, mas sou interrompido por um estrondo de trompetes. Charlotte sacode a cabeça, murmurando:

— Provavelmente é minha mãe, checando se estou bem. — Ela retira o celular da bolsa, olha para ele. Seja lá o que for, isso a paralisa de repente, porque escuto ela puxar o ar com força. — Ah... é a companhia aérea. Eles estão me forçando a confirmar se vou ou não embarcar no voo extra que eles arrumaram.

— Diga que sim — encorajo, sem hesitar, e, pelo jeito que ela me olha, com as sobrancelhas totalmente franzidas, posso ver que Charlotte está confusa. — Não quero que essa noite termine, mas... você deveria estar com sua família. É Natal. E na verdade... eu quero estar com a minha. Graças a você.

— O que eu fiz?

— Você me lembrou de que não era minha família que eu estava tentando evitar — respondo. — Era eu, meu próprio luto. Mas isso não faz sentido porque o estou carregando comigo para todo lado. Não posso seguir em frente se estiver fugindo. E para começar a seguir em frente, precisamos estar em casa. Nós dois.

— A base emocional? — pergunta ela, fazendo referência a algo que eu lhe disse quando estávamos na Washington Square, sobre a ideia de "lar". Não consigo evitar um sorriso ao ver que ela se lembra... porque ela escuta.

Escutamos um ao outro.

Faço que sim.

— Uhum, a base emocional.

Ela sustenta meu olhar por um segundo, antes de a primeira lágrima cair, e então olha para o chão.

— Mas eu não quero ir...

— Venha aqui. — Seguro a mão esquerda dela com a minha direita e a guio para o muro, para a vista do Upper West Side. Perspectiva. — Olhe.

Ela olha para o horizonte, acima do cenário que estava admirando quando cheguei aqui. Por apenas alguns segundos, então volta a me olhar.

— Não entendi.

Aponto para o ponto mais distante, para o parque coberto de neve derramando-se diante de nós, como um tapete se desenrolando, apresentando o Upper West Side, Columbia, o próximo ano de nossas vidas.

— Tudo isso ainda vai estar aqui, esperando você voltar. — Eu devolvo o olhar dela, entrelaçando nossos dedos. — Não vai a lugar algum. Nem eu. Se você nos quiser, somos seus. Sabe por quê?

— Por quê?

Eu me inclino e lhe dou um beijo.

— Porque aqui... é onde você pertence.

~~10. FAÇA ALGO PARA TE AJUDAR A TER PERSPECTIVA~~

CAPÍTULO TREZE

CHARLOTTE

02H07

Tudo o que acontece depois do beijo e das declarações é um borrão. Eu me sinto tão leve, tão tonta de felicidade, que é como se eu estivesse flutuando do topo do Empire State Building até a 34th Street. Assim que Anthony pisa na rua, ele estica a mão, fazendo sinal. Eu o alcanço para impedi-lo.

— Está tudo bem — diz ele. — Você precisa voltar para casa, para sua família, para suas irmãs. Está tudo bem. Vamos, a gente precisa correr.

Eu rio dele.

— Não estou tentando fugir de voltar para casa. Eu só...

Ele se curva para encontrar meu olhar, parecendo desconfiado e maravilhado ao mesmo tempo.

— O que foi?

— Você pode *me* deixar chamar o táxi? — Desvio o olhar, envergonhada pelo quanto isso significa para mim. Nunca fiz sinal para um táxi em Nova York antes, e sou estranhamente atingida pela necessidade de fazer isso, como uma espécie de rito de passagem. Anthony apenas sorri e dá um passo para trás.

— A cidade é sua, senhorita.

E nesse exato momento, sinto que realmente é... até que dois táxis me ignoram totalmente. Olho para Anthony e começo a andar para trás para deixá-lo fazer isso.

— Não, não, não — diz ele, gentilmente me empurrando de volta para o meio-fio. — Um táxi é um *direito* do nova-iorquino. Você precisa estender o braço como se *esperasse* que ele fosse parar, como se nem tivesse passado por sua cabeça que não pararia.

Eu suspiro, me viro de volta para a rua. Um par solitário de faróis desliza pela noite de Nova York, a um quarteirão da 34th. *Esse é seu*, digo a mim mesma. *Você consegue.*

Coloco um pé para fora da calçada, estico minha mão para chamar o táxi. Olho diretamente para ele, como se estivesse em um concurso de encarar os faróis e...

Ele *realmente* desacelera, para e vira para mim. Enquanto Anthony e eu entramos, tento não fazer uma dancinha feliz. Anthony cutuca meu braço.

— Agora você é uma de nós — fala.

Parece real. Parece incrível.

*

Cinco minutos depois, estamos no táxi em direção ao JFK, e estou me sentindo radiante e exausta (radiausta!). Estamos de mãos dadas, reposicionando preguiçosamente nossos dedos em um movimento lento e casual, e ainda assim eles nunca saem de ritmo, nunca se embolam.

É provável que não seja totalmente necessário — não depois de tudo o que fizemos e dissemos essa noite —, mas ainda sinto que tenho que tocá-lo com minha mão livre, segurar seu queixo e virá-lo para me encarar.

— Vou voltar para você.

Ele faz uma cara assustada.

— Você fez parecer que vai me perseguir.

Na maior parte da noite, nós rimos e brincamos um com o outro, e tem sido ótimo. Mas, agora, não estou no clima para risadas. É hora de falar sério.

— Você entendeu.

Ele olha para mim de novo, seu rosto sério, os olhos sem piscar.

— Eu sei. Eu te disse, vou te esperar. E a cidade também vai.

— Você tem certeza de que consegue fazer isso? — pergunto, me ajeitando para olhar para ele. — Tem certeza de que consegue esperar?

— *Você* tem?

Minha resposta vem no mesmo instante, sem hesitar.

— Não sei para onde isso vai nos levar, mas... quero descobrir.

Ele sorri, se aproxima e me beija. Sinto uma lágrima traçar seu caminho entre nossos lábios. Não sei se é dele ou minha. Não me importo.

Anthony interrompe o beijo, se afasta e me olha. Mortalmente sério, mais uma vez.

— Se você vai fazer isso — fala —, então tem algo *muito importante* que precisamos fazer primeiro. Tem algo que eu simplesmente preciso saber...

Sinto meu peito se apertar enquanto me questiono: o que ele vai perguntar?

— Qual é seu sobrenome?

A gente realmente não disse isso até agora?

Eu rio e digo a ele meu nome.

— Cheshire.

Ele sorri e assente, como se fizesse sentido.

— Mais uma pergunta... essa é um pouco mais... atrevida, acho.

Tento não parecer tão nervosa quanto me sinto, imaginando o que raios ele pode estar se preparando para perguntar.

— Me dá seu número?

*

De repente tenho um novo cartão de embarque em uma das mãos e estou segurando a mão de Anthony com a outra. Mancada, na coleira, anda entre nós, mas devagar — a pobre filhotinha está exausta.

Estamos seguindo em direção à segurança, e estou tão animada em ir para casa quanto hesitante e assustada por deixar Anthony. Não estou com medo de que ele vá encontrar outra pessoa se eu não estiver aqui, que vá me trair do mesmo jeito que a ex fez com ele. É mais porque, agora que minha partida é iminente, o panorama, de súbito, inescapável, não quero ficar longe dele.

E agora chegamos ao início da fila em zigue-zague até a segurança. À frente, há outros europeus pestanejando e esgotados, cambaleando em direção a voos que não esperavam pegar.

— Então... — Quando olho para ele, posso sentir que Anthony não tem nada mais a dizer agora.

Enfio a mão em minha sacola e tiro de lá *Supere seu ex em dez passos fáceis!* — o livro que nos trouxe para essa noite que foi divertida, ridícula, dentro da lei e, eventualmente, um problema maravilhoso.

— Acho que não precisamos mais disso, né?

Ele sorri, pega o livro, revira-o nas mãos. Balança a cabeça.

— Não acredito que realmente tenha funcionado.

— Talvez a gente devesse deixar para outra pessoa encontrar? Nunca se sabe, alguém em um dos voos de mais tarde pode estar precisando da mesma ajuda que a gente.

Ele sorri de novo, olhando em volta. Os olhos pousam em uma fileira de assentos — quatro deles — logo antes da área de segurança. Ele caminha até lá e se abaixa para depositar o livro no terceiro assento. Quando se levanta, sua expressão está solene, mas há um sorrisinho em seus lábios. Ele põe a mão contra o peito, então me olha, suas sobrancelhas se levantam, tipo, *O que você está esperando?*

Eu imito sua pose. Ele se vira de novo para o livro.

— Que você cure mais corações neste Natal. Apenas... tente se certificar de que o próximo casal não seja pego pela polícia!

Deixo escapar uma gargalhada, então assentimos solenemente e damos tchauzinho para o livro. Ele volta para a fila e segura minha mão outra vez. Ele a aperta.

— Você tem meu número, né?

Eu sorrio para ele.

— E seu e-mail e seu Instagram. Não tem como fugir de mim, Monteleone!

— Eu não vou fugir para lugar algum.

Ele me beija de novo, e estou pensando naquelas sete horas ou mais entre quando nos conhecemos e demos nosso primeiro beijo e todo o tempo perdido.

Interrompemos o beijo quando a coleira de Mancada se enrola em minhas pernas. Ela está correndo de um lado para o outro entre elas e me deixou bem presa. Anthony está rindo ao se ajoelhar para começar a tentar me libertar — como se já não tivesse feito o bastante nesse sentido hoje.

— Acho que ela vai sentir sua falta tanto quanto eu — diz ele.

Mantenho minha resposta leve. Se eu der uma muito significativa ou sincera, acho que vou chorar.

— É, é melhor você sentir minha falta.

— Eu vou. Você é maravilhosa.

Estou olhando para ele, mas o que vejo sou eu mesma através dos olhos de Anthony. A garota que ele conheceu no começo deste dia estava triste, mas, em algum momento, se reergueu e tomou conta da cidade — com ele ao lado. Uma garota que não sabia para onde estava indo ou para onde gostaria de ir, que sentia que talvez não pertencesse a lugar algum e que teve a fibra de fazer essas perguntas a si mesma. Essa é a versão de mim que estou levando de volta a Londres. E é a versão de mim que vai voltar daqui a oito meses.

Anthony sabia que ela estava lá, o tempo todo.

Eu me curvo e acaricio levemente o topo de sua cabeça, deixando a mão escorregar até a parte de trás do pescoço.

— Obrigada.

Quando ele olha para mim, a princípio parece confuso. Mas apenas por um segundo. Ele assente e sorri, seus olhos dizendo tudo: *Vou sentir sua falta. Mal posso esperar para te ver de novo.* Depois que termina de desenrolar Mancada, ele a pega no colo.

— Vamos lá, mocinha, vamos nos despedir da mamãe.

Eu a tiro dos braços dele e a aninho mais perto, perguntando a Anthony:

— Você acha que vai ficar com ela?

— É claro — responde. — Ela é *nossa* cachorrinha.

Devolvo a cadela para ele, dando um último tapinha em sua cabeça enquanto prometo vê-la em breve. Para Anthony:

— Vou te seguir assim que chegar em casa. — Ok, 1) isso é meio assustador, e 2) é um pouco paradoxal. — Você sabe, no Instagram. — Ugh! Por que agora, no fim desta noite perfeita, estou dizendo coisas patéticas de novo? Acho que vai ser melhor se não disser mais nada, então simplesmente dou: — tchau, e me viro para a barreira de segurança e tento superar minha despedida lamentável. Mas não posso fugir do constrangimento. Tenho que levar minhas bochechas queimando comigo, por onde eu for.

Tenho apenas a visão da máquina de raio-X, estou começando a me agachar para desamarrar minha bota, quando ouço a voz de um homem dizendo:

— Senhor, você não pode...

Não escuto mais nada, porque minha mão foi puxada por outra — não preciso ver de quem é — e estou sendo beijada.

Beijada de um jeito tão perfeito que, quando me afasto, estou um pouco zonza, minhas pernas parecendo feitas de gelatina. Estou tonta mais uma vez, tentando me acostumar a como tudo parece tão *perfeito* de repente...

Até que o agente de segurança do aeroporto que apareceu atrás de Anthony limpa a garganta e pergunta ao "senhor" se ele tem um cartão de embarque. Porque se não tem, "ele não tem nenhum motivo para estar naquela parte do aeroporto".

Seguro forte a mão de Anthony pela última vez e olho para ele. Por cerca de três segundos, tento pensar o que, entre todas as coisas, posso dizer para tornar esse momento o mais significativo possível, até que me dou conta: não há nada mais a ser dito entre nós hoje. Já dissemos tudo.

Levo a mão dele até os lábios, dando um beijo gentil nas costas dela. Para ele, dou um sorriso. Então me viro e me dirijo à jornada para casa, pensando *Só oito meses, e estarei de volta...*

... e Anthony vai me esperar.

EPÍLOGO

CHARLOTTE

DOIS DE JANEIRO

— Charlotte, chegou encomenda para você!

No meu quarto, em casa, fecho meu livro e jogo aos pés da cama. Oito páginas de *Revanche* — finalmente comprei um exemplar depois que pousei em Heathrow — e ainda não descobri por que Donny "TEM O QUE MERECE".

Saio do quarto e desço as escadas. Minha mãe está na porta da frente, segurando um pacote. A seu lado está Emma, observando-o como se esperasse desenvolver visão de raio--X a qualquer momento. Minha irmã mais nova sempre foi muito enxerida.

— O que é isso, Lot, o que é? — pergunta ela, vindo parar a meu lado quando pego o pacote das mãos de minha mãe. A primeira coisa que vejo é o código postal de cinco dígitos de Nova York, então o sobrenome "Monteleone".

— É para mim — respondo, mostrando a língua para ela e virando-me para voltar ao andar de cima, pulando dois degraus de cada vez, então correndo até o quarto, fechando a porta tão rápido que bate contra o batente, fazendo a casa inteira tremer. — Desculpe! — grito para minha mãe.

Coloco o pacote na cama e o abro. Dentro, há um caos de papel de embrulho turquesa, que dá uma coceirinha na mão quando o removo. Abaixo dele há um cachecol liso em um tom de azul que reconheço como o de Columbia. Preso à ponta está uma foto de Anthony na cozinha da casa da família. Ele está sentado à mesa, com Mancada no colo — nossa cachorrinha encarando as lentes, se esticando para a frente, como se estivesse prestes a prová-la e comê-la. Só faz cerca de uma semana, mas não acredito o quanto sinto saudades dos dois.

No outro lado da foto há um recado, em uma caligrafia que sei que um dia vou reconhecer como inconfundivelmente dele.

Sei que não é mais Natal, mas não preciso de nenhum motivo para comprar um presente para você. Qualquer presente que eu te der não vai ser nada comparado ao que você me deu (e não estou falando apenas de Mancada).

Te vejo no verão,
M&A <3

Sorrio para o pedaço de papel como uma lunática, aproveitando a sensação de ter o coração prestes a explodir — e não o tipo doloroso de explosão. Agora tudo se estende a minha frente. Uma faculdade e uma cidade da qual vou fazer parte, como a Nova Charlotte. A Nova Charlotte vai transformar Nova York em lar, ao menos por enquanto. Não sei para onde essa história vai ou como termina...

Mas quero descobrir.

AGRADECIMENTOS

JAMES NOBLE

Amor e gratidão a minha mãe e a meu pai, a Debbie e Jimmy, meus irmãos, a John e Joe (e Emma!), e a todos os ramos selvagens de minha árvore genealógica; a meus queridos amigos e criativos corações valentes com quem aprendo constantemente — especialmente Lila, por sempre dar o exemplo, e Stephanie, por me convidar para trabalhar nisto com ela!

STEPHANIE ELLIOT

Amor e gratidão a meus pais, a meus amigos que me apoiam, aos Elliot, aos Lane, e à cidade de Nova York, sempre fascinante, por fornecer inspiração infinita. Abraços de urso particularmente para Dan e Maggie, meus dois amores que estão sempre explorando a cidade comigo. E um agradecimento especial a James, por seu amor por esta história e suas incríveis contribuições!

Este livro foi composto na tipologia Minion Pro,
em corpo 11,5/16,9, e impresso em papel off-white,
no Sistema Cameron da Divisão Gráfica
da Distribuidora Record.